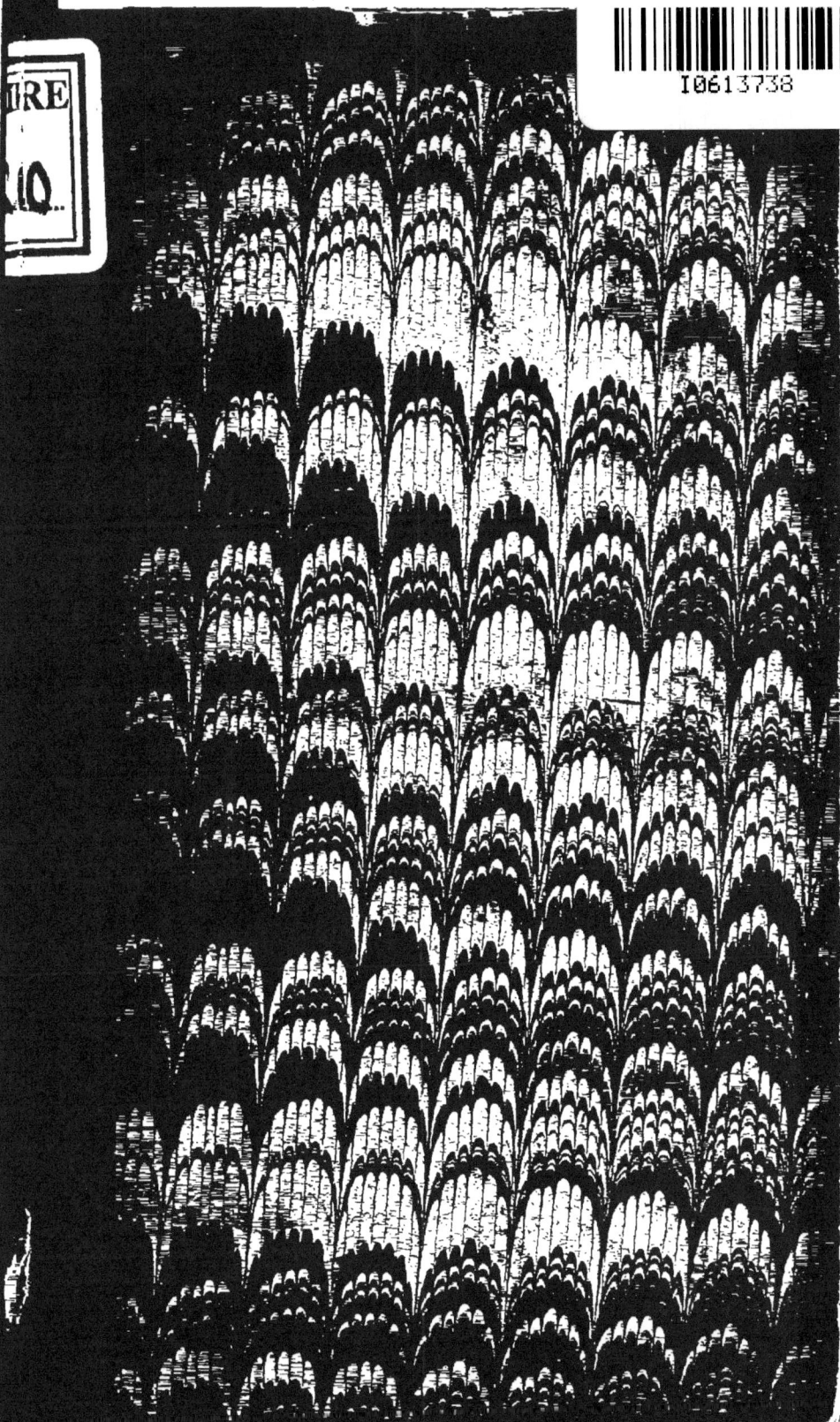

ASLÉGA

ou

L'INFORTUNE SECOURUE

PAR NAPOLÉON.

Y^a

Imprimerie de J. Smith, rue Montmorency, N° 16.

ASLÊGA

OU

L'INFORTUNE SECOURUE

PAR NAPOLÉON,

FAIT HISTORIQUE DE L'EMPIRE.

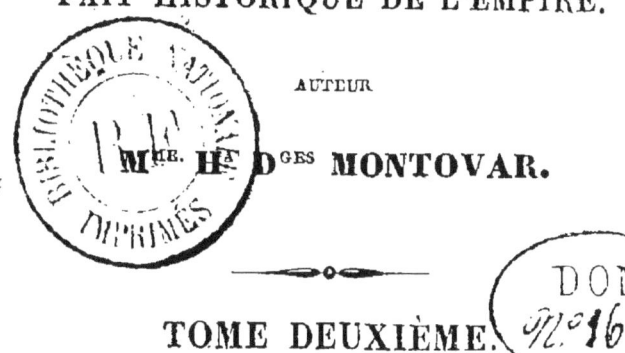

AUTEUR

Mᵐᵉ. H⁻ Dᴳᴱˢ MONTOVAR.

TOME DEUXIÈME.

PARIS,

PIGOREAU, LIBRAIRE, PL. S.-GERM.-L'AUXERROIS, N° 20;
CORBAY AÎNÉ, LIBRAIRE, QUAI DES AUGUSTINS, N° 61;
LEVASSEUR, LIBRAIRE, PALAIS-ROYAL;
L'AUTEUR, BOULEVARD DE LA MADELEINE, N° 19.

1831.

ASLÉGA,

ou

L'INFORTUNE

SECOURUE PAR NAPOLÉON.

~~~~~~~~~~~~~~~~~~~~~~~~~~~~~~~~~~~~~~~

LIVRE VI.

Noble pensée! flambeau de la
création divine, image, songe,
révélation des cieux, écho surhu-
main, voix retentissante des miracles! ah! tu offres à l'imagination
secrète ou communicative, en paix
ou courroucée, une jouissance su-

1

blime qui la fait aborder aux régions illimitées, qui la conduit
aux moissons suprêmes, qui la
saisit et la fait planer au-dessus
des bouleversemens, au-dessus
des vagues redoutées de l'océan
des âges.

O pensée! puissance renais-
sante, âme du passé, souffle de
l'avenir! toi qui fais revivre, toi
qui colores, pourquoi pâlir? pourquoi ton éloquent langage ne
nourrit-il plus le sentiment passionné? pourquoi, dans le sein
des mondes, dans les torrens obs-
curs et profonds, un génie effrayant
semble-t-il épier ta chûte? pourquoi sa voix tonnante comme le
roulement de la foudre, semble-

t-elle prononcer sourdement ton sommeil éternel dans les ténèbres, dans les chaos de la terre?

«Hélas! ce ne peut être qu'ainsi,» dis-tu; le cerveau de l'homme fut mon berceau, mes élans de là prirent leur origine; le roi des naissances, l'exterminateur qui frappe du sceptre de la mort m'a saisie; sa voix jaillit des nues, ses ordres jaillissent des abîmes; atteinte par son vaste pouvoir, violemment enlevée sur ses aîles gigantesques, en ce moment où me transporte-t-il? est-ce au cours oublieux du néant? est-ce dans les flots où surnagent les souvenirs?

Ombre ennemie de l'humanité, ombre aussi effrayante que les noi-

res ondes, où s'engloutissent ses
jours, tu viens voiler les rayons de
ses esprits ; ta massive haleine
vient éteindre les lumières qui
alimentaient ses transports ! Peut-
elle échapper ? peut-elle s'élancer
au-delà du monde où elle fut
créée ?...... non...... Sentence la-
mentable !..... Elle ne peut te délaisser qu'en complétant la con-
damnation de tout ce qui naquit
au champ de la vie ; et les accords
de la noble pensée se brisent, une
épouvantable dissonnance descend
rapidement sur ses inspirations ;
elles gissent épuisées, l'exaltation
s'anéantit.

Quel est ce despote formidable
qui déchire ainsi le tissu le plus

éclatant de nos jours? quel est ce monarque sinistre qui nous arrache leurs victoires, leur existence? Ses bannières sont de la couleur mortuaire; il est calme auprès des agonies, il roule les tombeaux; c'est le temps! mortels! c'est lui! puissions-nous dire : fuyons-le!...

Sur son passage, contre la nuit solitaire, des vêtemens éblouissans de blancheur flottent autour d'une jeune vierge; ils ressortent pareils à l'écume des eaux éclairées par le battement des rayons miraculeux. N'est - ce point un songe étendu sous l'atmosphère? n'est-ce point une ombre sur laquelle les feux du soleil s'élancent? Se peut-il? c'est Asléga! c'est l'élève du monastère, au jour, au matin de l'hyménée, faible comme les derniers soupirs de la lueur qui se dérobe.

Il a fui, le gracieux, le riant monastère; le tableau qui semblait fidèle à l'espoir de la pensée, à la confiance de la vertu s'est recouvert des teintes mélancoliques élevées du cœur doux et caressant de l'élève de la solitaire. Qu'est devenue la preuve de ses nobles leçons?

Evénemens inconnus, quel est le noir secret caché sous vos branches fleuries qui bordent les routes où vont venir le rang, les admirateurs, la joie et l'acclamation?

Horrible découverte !.... Pompeux préparatifs, vous n'êtes qu'un ensemble de désordre; la malédiction circula dans votre création; le tourbillon de ses projets concentrés voudrait déjà vous flétrir.

Hier en revenant au toît paternel, là où s'agitent les plis des vêtemens qui ornent le corps d'Asléga; elle rapportait, soutenait en son sein les pompes du courage. Sans autant redouter, elle avait rejoint l'hymen, d'où avaient disparu les avant-coureurs sauvages.

Elle se rapproche de M. Derval, et, près de lui, reconnaissante de la solitude, qu'il avait protégéé, elle le prie d'embellir le printemps de sa vie. Le père, accablé de tous

les genres d'occupation, est presque inaccessible ; d'ailleurs près
de la jeune élève de l'abbaye, il
ressent un charme amer. S'il allait sacrifier la souveraine des belles? s'il allait perdre les images
merveilleuses qu'il a poursuivies?..
Qui pourrait le croire? il craint
pour l'enfant soumis et pur comme
les prières du cloître qu'elle vient
de quitter, pour la fille qui aurait
épris tous les héros de la gloire,
tous les possesseurs des titres humains. Pourtant le premier et
dernier nom qu'il prononce est celui du comte B***; et il interrompt
promptement l'entretien doux et
cruel de sa fille, qui s'est ressaisie
de l'intérêt que lentement il égare.

La jeune fiancée redouble de vitesse pour regagner la retraite où le fracas des fêtes est muet; les esprits reconduisent où le cœur désire; avec eux, la vierge retourne le long de la vie de celle que dans la distance elle vient de laisser.

Au naufrage de cette mortelle admirable, elle trouve des emblêmes qui sont pour elles des apparitions consolantes; au torrent de ses triomphes, elle trouve des phénomènes spoliateurs de la malfaisance; et par son imagination dominatrice, sur les vagues dormantes du monde, elle voit la perspective s'éclairer; et l'abbesse avec qui elle a dépassé les destins

1*

sans espoir, la femme qui a planté
dans ses murs solitaires, le drapeau des ennemis vaincus vient
alimenter les temps, elle sort de
leur sein avec le pavillon consolateur qui répondra aux confidences
de son élève.

Depuis long-temps la cloche de
l'abbaye a fait jaillir au milieu de
la vallée paisible les sons annon-
çant la méditation, le calme et le
silence. En s'éloignant de leur demeure isolée, ils se sont perdus
dans le chaos des avenues du sol
retentissant sur lequel la jeune
fiancée se croit encore aux heures
où la lumière était au-dessus des
ombres. Hélas! sur les monts ses
reflets affaiblis semblent les loin-

tains soupirs d'un cœur oppressé ;
le soir et ses clartés douteuses se
glissent dans les bocages, la nuit
et ses mystères descendent sur le
sommet des rochers.

O jour ! toi et tes flammes pro-
phétiques, vous n'existiez plus
que comme un songe au réveil !

Réflexions enlevées de son flambeau d'or, douces magies qui en-
chaînez les esprits aux veilles,
pourquoi tout-à-coup vous éloi-
gnez-vous de la vierge ? pourquoi
est-elle subitement suspendue
entre votre retraite et l'étonnement ? Quels somptueux accords
s'enlacent à ses destins !

Les sons d'une musique belli-
queuse fendent les airs ; ils par-

tent du pied des murs qu'elle habite; en s'emparant des sens, ils parlent à l'âme, ils charment les esprits. La vierge se retrouve dans les inspirations élevées de leurs bruits éclatans.

Oui, c'est une solennité triomphale ; cependant des souvenirs amers se sont réveillés des appréhensions que la vierge avait immolées ! Son cœur s'est serré au résonnement fugitif de ces hymnes de guerre ; il est devenu sourd et confus ; elle ne le suit plus que par des accens incohérens, par un langage qui n'a ni sens ni nom?

Voies terrestres, à vos barrières les humains se reposent.

L'harmonie libre et fière conti-

nue, les sons de la patrie s'élancent comme des esprits fougueux,
comme des âmes passionnées. L'é-
lève du monastère s'avance vers ce
salut superbe, elle a sondé ses
secrets, elle s'empare de la certitude qu'il proclame. C'est le pressentiment nuptial entouré de la
multitude qui accourt à l'ascendant
accoutumé de tout ce qui prédit
un événement nouveau. Pour la
vierge, c'est la voix qui lui rappelle ses promesses ; c'est une
manifestation du jour suivant.
Craignant le passé, elle se rejette
vers ses résolutions nouvelles, elles déguisent de nouveau les preuves soucieuses qui se sont rassu-
rées sous les regards du temps.

L'élève du monastère s'est révélé le but de la sublime éloquence éclatant sous ses fenêtres; aux questions qu'elle s'adresse, des plaintes répondent. Ah! ses devoirs ne sont pas en harmonie avec l'expression sonore qui émeut les sentimens exaltés. Elle devrait être auprès de l'auteur de ses jours, sans doute il élève ses reproches dans la veille du funèbre hymen.

Elle pense, et aussi légère que l'air des montagnes, du sein de l'obscurité elle s'élance; sur ses pas, des gens tracent et créent pour orner les fêtes solennellement publiées. Des tentures précieuses, de riches flambeaux, des vases surmontés de fleurs, des

arcs de triomphe indiquent les
degrés de la parure qui éclatera
de toutes parts.

Enfin dans un corridor plus
isolé, d'où s'éloignent et où s'éva-
nouissent ces vagues, dans un vide
assoupi, la jeune fiancée s'a-
vance.... Tout-à-coup un mouvement indépendant de sa volonté a
retenu ses pas; comme luttant
d'être en proie à ce qui vient rom-
pre sa marche, elle demeure fixe
de même que l'étoile au ciel; elle
est aussi blanche qu'une ombre
dans la nuit. O secret fatal! fallait-
il te livrer?

Des voix réservées, des paroles
dont on retient l'essor ont frappé
son oreille; elles approchent.....

Au fond de l'extrémité vers laquelle s'acheminait la fille de M. Derval, que voit-elle?.... son père avec l'homme qui doit être son époux; entre eux une femme!... qui est-elle?.... la rivale, l'assassin de sa mère!

Haine homicide, influence sanguinaire, vous arrachez un cri sourd de la nature; il s'enfuit sur le vallon des misères; la vierge qui l'a senti frémir en son sein est aussi morne que l'adieu au dernier asile, aussi sombre que la mémoire auprès du cercueil; elle s'abandonne à la frayeur.... où va-t-elle?... plus loin... dans des jours ternes et foudroyés....

Une flamme ardente dessèche

les sources pures, tarit les sources abondantes : la crainte inflexible dévore une existence jeune, une vie remplie d'avenir.

Sur une route cachée par les ailes du soir, égarée comme le délire même, qui se glisse?... c'est Asléga!... ô contraste! Dans la solitude elle poursuit l'adversité; contre les murailles nues elle se traîne à travers les idées de la mort. Sous le ciel à ses yeux obscurcis, les vents épars sont brûlans, sur le sombre rideau du jour percent les nuages qui ont glacé son sourire.

Fraîches années, vous imitez les herbes naissantes battues par l'orage; pour elles, pour vous des génies réparateurs battent leurs aîles. C'est quand l'âge n'est plus léger, c'est quand le cœur n'offre plus qu'une image appâlie que la femme sur la terre semble une ombre pleurant au milieu de toutes les fleurs effeuillées.

Pour l'élève du monastère, le phare inspirateur seulement est éteint ; il ne luit plus sur l'océan des noirs soupçons.

« C'était elle !... tu l'as revue !... ses yeux souriaient », répète la souvenance animée et glaciale, « elle portait des couronnes, des guirlandes de fleurs !... emblêmes usurpés, symboles ravis, vous étiez dans les mains de celle qui enveloppa de deuil l'abandon qu'elle sut amener, que ses cou-

pables conseils savent entourer et
faire obéir.

Le sommeil, ses baumes réparateurs, le repos agité, ses songes
innés des tourmens, transportent
secrètement en un calme passager les jouissances qu'ils dirigent,
les tortures qu'ils président. La
vierge, animée de sensations fa-
tales, debout avec épouvante, ac-
tive avec violence, tour à tour
confondue et imposante, semble
sortir du type de la nature et lutter avec l'humanité. Ses pensées,
rivales les unes des autres se suc-
cèdent sans interruption ; en lon-
geant avec elle un sol aride, chargé
d'une scène sanglante, elles n'y

tracent que des sillons fuyans
comme ceux des éclairs. Que veut-
elle?... elle ignore... quel est son
but? elle n'en a plus... et les flots
retombant de ce volcan embrasé
roulent et meurent de même que
ceux qui font l'orgueil des ondes.

Ils bondissent dans le tourbillon
qui les enlève. Asléga se livrera
aux arrêts qui la poursuivent; pour
les fuir, il est trop tard, il faut les
attendre...

Nouvelle Aurore, que tu tardes
à paraître! A la porte de l'orient
ne distingues-tu pas celle que le
mobile génie des nuits veut frapper sans cesse?... Comme une
flamme incendiaire, il dévaste les

efforts avec lesquels elle est ac-
courue. Succombante, elle t'implore....

Jeune vierge, auprès des ordres
immuables est - il des faveurs ?
Qu'on se prosterne, qu'on triomphe sur la plaine du monde, les
cieux n'obéissent qu'aux signaux
suprêmes ; aucun espoir orgueil-
leux ne peut monter sur ce trône,
la retraite éternelle des hauts mystères.

Pour les hommes, le retour des
joies célestes est brillant ; la sphère
éclate, l'astre des hauteurs sublimes a paru, la lumière palpite
et court sur les rivages terrestres.
Ces présens inouis devraient-ils,

pour bien des êtres, amener les coups de la douleur, commander ceux de la mort?

Où donc est la fille d'amour? Les portiques sacrés du séjour immortel sont ouverts; elle n'est plus au haut de la nuit, où elle semblait attendre le couronnement du jour.

Dans les tourbillons lumineux, elle s'est séparée des horribles visions des ténèbres : soulevée par le plus doux sentiment de son imagination ardente, elle s'est rendue au seul abri de son opulence stérile. La belle élève de l'abbaye, ses transes sont tombées au pied de l'image de la mère qui pleurait jadis auprès de son berceau, qui arrachait les soucis croissans à l'aurore des alarmes.

Demain, Asléga, cette mère sera-t-elle l'idole de ton réveil?

Dans un acte sublime, dans la prière, le jour a retrouvé la fiancée. M. Derval succède. Quoi!.... Comment?... sa fille est la fleur flétrie sous le disque solaire !.. La belle élève de l'abbaye est la tristesse devant la somptuosité! Cependant elle est résignée ; tout autour d'elle est couvert d'apprêts qui accourent à la hâte.... Elle n'a plus la force de les comprendre, son père pourra-t-il avoir le courage de les expliquer? Ah! l'ardeur qui jaillissait de ses présages

heureux est ébranlée; il doit re-
chercher la force de ses résolutions et tout-à-coup s'efforcer de
parler.

Réveillée sans précaution, l'é-
lève du monastère est épouvantée
de la présence de celui qui rappelle la femme ennemie qui était
sa compagne quand il la délaissait.

M. Derval s'avance vers sa fille;
elle s'éloigne! quelle division inat-
tendue! il va se réunir à elle...
elle fuit... Devoirs et sermens, c'est
pour vous accomplir: écoutez....
D'un ton de voix déchirant au
loin, que dit-elle?... Je vous
obéirai, mon père; laissez-moi, je
vous obéirai.

Le père, qui avait erré des

heures entières dans cet instant qui captive ses sens, semble soudain sur les ruines d'une fortune écroulée.

Faiblesse, grandeur, qui pourrait vous rendre?

« Ma fille ! » s'écrie avec un chagrin frénétique le père repoussé.

Le silence règne....

« J'avais cru. . . . » et la véhémence de sa voix expire.

« Ah ! qu'il m'en coûte, » prononce l'âme de la vierge ; « mais les secrets de ma mère, l'aversion de mon hymen plient sous ma franchise ; » et plus soigneusement elle s'enfonce sous l'abri qui la dérobe.

La veille a trop dit au lendemain ; l'homme du monde qui retourne

II.   2

vers tout ce qui le réclame, M. Derval, la main sur le front en con-
çoit le soupçon : l'amertume s'est
manifestée, la honte se révèle.

Ah ! qu'il aime sa fille!.... qu'il
déteste ses torts!... Moins in-
sensé, serait-il plus sensible?

Les heures qui répandent les
plus doux parfums sont écoulées :
sous les berceaux on cherche
l'ombrage ; aux voyageurs, le vieux
chêne s'offre comme un abri de la
nature. Les rois, éloignés du trône,
y oublieraient leurs vastes et riches
palais, comme le malheureux y
endort ses fatigues et souvent sa
misère.

Dans les cours de l'hôtel Derval, où on folâtre, où la fiancée ré-

fléchit, des chevaux légers sont attelés à un char somptueux qui fixe l'admiration et la curiosité. Il attend celle qui réunit l'empressement de tous ceux qui doivent la suivre; ils accourent de toutes parts : les voûtes retentissent, les parquets sont ébranlés, les salons s'inondent de gens qui viennent traverser une scène qui ne doit être qu'allégresse; ils en peignent l'image, ils en expriment les vœux. Que peut-il manquer pour enchanter les regards et charmer les désirs? C'est la fille d'amour, c'est Asléga.

Son père, dont le cœur est soulevé par un souvenir qu'il défigure sous un essaim de jouissances, avec une âpre sécurité, va cher-

cher sa fille : il est près de son ap-
partement; il l'ouvre... « Aslÿga !.. »
Elle l'attend....

A l'âge des amours ; elle donne
l'idée d'une de ces créatures parées.
de toutes les pompes du monde,
qui, vaincues par la puissance de
la religion, offrent leur jeunesse à
l'Eternel. La grâce, la pudeur,
l'expression et l'innocence ont jeté
leur bandeau sur son front virginal.

M. Derval prend sa main, il la
presse ; elle est tremblante, elle
est froide. M. Derval parle à sa
fille, sa fille l'écoute; il l'accompagne, elle marche. Ame héroïque et dévouée, en toi que d'existence ensevelie !

Dans les buts de l'autorité pa-

ternelle, l'élève de l'abbaye s'a-
vance; elle semble n'exister que
pour accomplir les paroles que le
matin elle a proférées. Soudain à
une exclamation elle tressaille....
c'est un cri de surprise mêlé de
plaisir ! il échappe de l'assemblée
devant laquelle elle paraît.

O douces nuances de la vie,
vous errez sous ses voiles, et, aussi
surnaturelles que des pensées de
bonheur, vous allez vous poser
dans les facultés de ceux qui la
contemplent. La jalousie seule
pourrait planer sur cette fille du
printemps.

A l'entrée des saisons, modeste
et brillante, suivie de toutes les
magies de la nature, parmi tous
ses prestiges , elle commande

l'admiration, elle inspire l'amour.

Est-ce bien aux sombres bords
où meurent les espérances que
vient cette fille angélique? Blanche comme le cygne, ses cheveux
légers comme leur plumage se dé-
lient sur son cou, que recouvrent
à demi les draperies d'un vêtement
rose, qui semble un encens flat-
teur offert à ses charmes. Et sa
couleur?... le symbole enfui du
tendre penchant qu'elle inspire!

Les plis de cette robe flottante
sont rattachés à sa taille par une
ceinture de pierreries dont les
feux jaillissans n'éteignent pas le
céleste azur de ses yeux. Les astres effacent-ils le dôme sur lequel ils éclatent?

La faible tige que le vent agite

cède aux mouvemens irrésistibles qu'il lui prescrit; l'élève du monastère, sous le pouvoir de destins invincibles, suit les pas qui commandent les siens.

Fille d'amour, l'horizon lointain ne te révèle-t-il aucun pronostic?... Non...

Environné d'honneurs, d'une suite nombreuse, le char nuptial est sur la route qui conduit au palais de la loi; rien ne paraît attirer les regards, ni le blâme, ni l'approbation de celle qu'il entraîne.

Mais au fond de la marche obstruée par les classes diverses qui se laissent emporter par l'affluence, sous le grand portique où doit passer la belle élève du monastère pour devenir l'épouse du fils altier des camps, se trouve un espace circulaire où le soleil bat. Là, tout-à-coup il semble créer une merveilleuse vision, un tableau séduisant, lançant des ondulations enchanteresses.

Une foule de guerriers parés des vêtemens les plus riches de la carrière des armes, éblouit sous les feux surnaturels; les brillantes armures étincellent, et, semblables à de mobiles drapeaux, tantôt déployés, tantôt fuyans, les panaches nuancent les champs des airs palpitans; ils se jouent dans le sein de la patrie, et ils semblent porter le salut de cette assemblée martiale.

Elle franchit le seuil du portique; elle vient recevoir la beauté qu'elle attendait; elle lui adresse les vœux de l'enthousiasme, empreints de la mâle expression qui révèle les grands hommes.

La noble fille d'amour, dont le génie est puissant, a d'abord cédé à sa perfection habituelle, avec un trouble satisfait, elle a répondu aux enfans de la guerre, puis, par un charme inexplicable, elle a senti son cœur palpiter.

Aussi admirable que celle qui fut l'amante du dieu des combats, son abandon, sa dignité ont séduit; sa voix, le secret troublant la paix des avenirs, cause un doux frémissement indécis entre l'enchantement ou la réalité.

Les héros de la France, les hommes de la valeur protègent et bordent les pas de la fille des grâces. Elle est au pied des degrés où elle vient consentir aux vœux qui l'exilent de tous les siens. L'éclatante escorte se disperse sur les marches du palais de l'hymen ; elle voudrait consoler, elle révère les nuances mélancoliques fuyantes sur la belle étoile d'une région miraculeuse.

Des pas se font entendre, on vient.... C'est sur le sommet où se terminent les marches que monte la fille de l'alliance.

Ce sont de nouveaux guerriers, des hommes sans doute plus illustrés dans les rangs français ?

Quel est, au milieu d'eux, celui

qui semble debout sur les perfec-
tions humaines? Son regard doux
et persuasif efface celui de toute la
multitude; en lui seul il réunit
l'éclat qui surpasse celui de tous
les conquérans des armées.

Quel sourire gracieux en saluant
ses compagnons d'armes ! quel
port majestueux ! quel air magnanime en venant rencontrer la
vierge !

Est-il vrai? dans la ligne des
preux, M. Derval a conduit la
souveraine des hommages; à l'approche du Prince C***, de l'homme
équitable et superbe, il a cédé
ses droits : la main de la fille ad-
mirée est dans celle du héros

charmé. O créations suprêmes,
vous êtes réunies !

La fille d'amour auprès de cet
homme illustre baisse sa paupière ;
les fleurs enivrantes d'une émotion
indéfinissable et timide s'épandent sur ses attraits.

Tous les brillans signes d'honneurs, toutes les distinctions de
l'empire éclatent sur le sein de
celui qui la conduit. Son front
majestueux raconte les victoires,
d'où s'échappent les lauriers de
l'immortalité. Ses yeux, séduisans
comme des rayons jetés dans un
ciel pur, lancent les lueurs de son
âme, le foyer des délices. Ses paroles glissent comme des parfums

qu'un souffle propice porte dans les cœurs attendris de tristesse, d'espoir ou d'amour.

Quelle expression! quel senti-ment! quelle éclatante beauté! quelle séduction irrésistible! Est-ce le génie de tous les trésors de la terre? est-ce celui de tous les enchantemens belliqueux?

L'astre de sa vie, Asléga l'a ren-contré; en écartant les nuages de la confusion, elle va saisir les plus chers présens semés dans la tour-mente de ses jours. Sur le rocher aride, il est secourable comme celui qui vient jeter des sillons ra-dieux sur le terrain sauvage.

Après avoir traversé de vastes salles, la belle élève de l'abbaye

est dans celle attenante, où la
voix de l'autorité va fixer sa destinée. Là, dans cette enceinte,
décorée avec pompe, doit se re-
poser la fille du monastère avec le
splendide cortége qui suit son
hymen.

Le Prince semble oublier son
existence renommée; il la prodi-
gue pour cet ange d'espérance,
pour cette fille aussi attrayante
que l'amour. Son esprit, son âme,
sont troublés devant ce céleste sourire commandant l'extase comme
un beau jour. En fixant ce visage
doux et fier, mélancolique et enthousiaste, quelle puissance frappe
son cœur? quelle flamme allume
son penchant?

Don du ciel, œuvre de la divinité, ô femme! ô vierge! à quelle
source désaltérer le délire, les
transports éveillés par les regrets
éternels?

Rien n'obtiendra t-il plus un
regard du chef valeureux? Il est
isolé de tout souvenir; il est tout
à celle dont les accens viennent
l'enchaîner où sa vie semble com-
mencer, où il s'arrête comme un
pressentiment prophétique et sa-
cré, comme une forme divine,
inquiète et passionnée.

Elémens opposés, vie, repos,
mort, souffrances, vous étiez donc
où le Prince cherche à alimenter
ses facultés surprises au flambeau
d'une autre sphère, aux mysti-

ques flammes qui naissent dans les funèbres heures? Les champs de la patrie à l'exilé sont-ils plus consolateurs que les paroles de la vierge qui fécondent son âme de feu? Les cris de l'enfance sont-ils plus déchirans à l'oreille maternelle que les droits qui viennent mettre les siens sous l'ombre ennemie de son nouveau bonheur.

Dans un attrait magique empreint d'étincelles embrasées, espoir, maux, la vierge vous puisent au seuil du néant de ses désirs. Trouble nouveau, désordre enchanteur, que hâtivement vous abordez avec tous vos prestiges! dans un moment cette fille de la solitude, cet enfant du monde aime plus que dans toute sa vie.

Délices ineffables , jeune âme trop ardente, n'entendez-vous pas l'écho?..écoutez... il est lugubre... il semble tonner... l'amour grave en vain sous les ombrages mysté- rieux , à flots passent les circon- stances et leurs efforts dominans , qui emportent et engloutissent ses aveux.

Encore quelques instans, et la vierge va être liée à jamais ; elle a vu s'ouvrir les portes qui vont la séparer de celui qu'elle enchaîne , de celui qui semble avoir épuré les airs , le jour, ses pensées. Elle a respiré , elle existe, elle a senti ! Souffle divin , le monde entier avait disparu !

Tout fuit encore... son pouvoir revient... un homme dont la physionomie est grave s'est rendu au fond du salon obscur et splendide où déjà s'allument les flambeaux de l'hymen. La vierge du monastère les a fixés, elle se soutient à peine, sa respiration se presse, ses forces menacent de l'abandonner. - Se peut-il? ses yeux paraissent s'éteindre! Un froid glacial coule dans ses veines !..

L'œil égaré du Prince l'observe: «Madame, dit-il d'un air doux et suppliant, ce jour n'est donc pas pour vous celui du bonheur? »

« Celui du bonheur! » répète la vierge avec un air effrayé, «celui du bonheur! Ah! Prince! l'avez-vous

pensé ? non , c'est celui de l'obéissance , c'est celui de l'épouvante !

Elle a dit, la fille de la franchise;
Asléga ne profère plus un mot...
Elle vient d'abandonner les secrets
de la fatalité au charme qui l'a en-
traînée, à l'homme qui l'a captivée;
elle les a senti fuir de ses lèvres ;
elle n'a pu les contraindre, et,
pour la première fois peut-être,
elle est indécise si elle voudrait se
ressaisir de ce qu'elle a prononcé.

Qu'elle était éloquente en se
confiant à l'homme de l'honneur !
en son naturel que d'expression !
en sa vérité quel sentiment ! que
de mots renfermés en ceux que se
redit à voix basse le chef illustre !

Asléga l'entend ; ses longues

paupières baissées ont laissé tomber quelques larmes. Ce n'est plus la reine des triomphes, ce n'est plus la fille des richesses, c'est la vierge de l'abbaye, c'est l'enfant de la nature.

Auprès d'elle le héros se cherche ; les battemens de son cœur l'effraient ; il poursuit le doux aveu ; il recule devant son désespoir.

Tout-à-coup la fille de la solitude a saisi la main du haut chef : « Prince, soutenez mon infortune, a-t-elle murmuré ; je l'ai vu, votre pitié m'entoure, que votre générosité soit mon appui ! »

« Madame, quel sacrifice ! »

« Plus de résistance, il le faut ;

seule sur le monde, je n'ai pu ré-
sister; assistez-moi. »

M. Derval cherche la fille de
l'alliance : il l'aperçoit, il se hâte;
elle se précipite, elle s'offre à
l'hymen en entraînant le héros
sauveur consterné, et en se livrant
elle-même; dans quel état! juste
ciel!

Comme une statue, elle regarde
fixement ce qu'elle ne voit plus;
son anéantissement est le contraste des pompes qui l'envelop-
pent; elle est l'image des jeunes
rayons de la vie; et on croirait
qu'elle est sous les voiles épais de
la mort.

Le baron L**, qui l'interroge,
l'homme qui éteint pour elle la

suite des triomphes, est frappé des fonctions qu'il doit remplir; généreux et compâtissant, il en pénètre les sévères conséquences; il prononce les paroles solennelles de la loi; il les adoucit; mais tout est là.

La nouvelle épouse sait-elle où elle est? ce qu'elle a fait?... non, hors d'elle-même, l'imagination embrasée, elle s'est arrachée de la félicité pour recevoir le coup effroyable qui a tranché tout ce qu'elle pouvait saisir.

Au sommet où tout est éteint, auprès de l'égarement qui la soutient, le fier époux a fortement serré la main d'Asléga; ainsi il a réveillé l'engourdissement qui blesse son orgueil immodéré ; déjà il force ce qu'il aurait pu obtenir.

Mais qui vient amener auprès de cette contrainte un consolant appui vengeant les nouveaux liens ? qui vient déposer auprès de ce brusque rappel des paroles qui inondent le cœur de la jeune élève du monastère ? c'est le Prince !... c'est l'homme de l'amitié ; la douleur est dans ses yeux, l'inquiétude est sur ses traits. Cependant elle n'est point sans charme, elle n'est point sans espérances... des palpitations étranges, une harmonie de miséricorde semblent émaner de l'avenir incertain, semblent descendre dans des nuages de mystères.

L'ami de l'évidence, l'ennemi des faux succès, l'homme indulgent, le juge sévère, le Prince, aux ressources de sa grande âme, a recherché de nouveaux droits sur lui-même; dans la scène déchirante où il est arrivé interdit, sans abandonner la fille ingénue qui a jeté ses tourmens en son sein, sans délaisser la femme touchante qui a divulgué ceux du sien, il a nourri de tendres desseins que rien désormais ne pourrait ébranler, et il les annonce à celle qui recherche sa nature habituelle; il dit à la nouvelle épouse qu'il emmène à son tour : « Madame, il vous fallait un ami pour vous entendre; en moi il s'attache à vos pas; il vous soutiendra de toutes les forces que renferme cette assurance. A l'aurore, vous avez sans doute confié votre tristesse irrésistible, au soir confiez ma sollicitude ardente... une exclamation involontaire, une confiance naïve pussent-elles être les secrets d'un plus beau jour ! Un soupir a suivi ces paroles qui s'épandent dans les pensées d'Asléga, comme la rosée de la nuit dans le calice des fleurs.

« O mon Dieu ! dit la jeune épouse attendrie, dans le monde un cœur qui s'intéresse à moi !... le vôtre, Prince ? celui que j'aurais choisi !... »

A ces mots sous le regard protecteur, son jeune front s'est re-

couvert d'enthousiasme, et l'entraînement de la vérité cache l'excès de son émotion dans les ombres où meurent les flammes du
jour ; tel notre être après de longs
ébranlemens détruit en ses bases,
comme un débris s'éteint sur les
ruines où domine la mort.

La reine de l'assemblée est dans
le riche équipage autour duquel
revient et se range la noble escorte. Les héros avaient commandé
leurs destriers fidèles : ils atten-
daient, ils s'avancent, et, montés
par la bravoure sur le sol qu'on
dirait invincible, leur marche est
fière, leurs pas sont ardens, leur
air est vainqueur.

Le peuple se porte en foule

pour voir les preux, dont les noms
sont gravés sur le front de la patrie, et celle qui vient d'inspirer un
intérêt si vif au Prince d'une sensibilité profonde, au chef des
innombrables exploits, la belle Asléga ne s'occupe que de sa présence auguste. Il s'est élancé sur un
des plus beaux coursiers ; avec
quelle grâce complaisante il en
abandonne les rênes! avec quelle
vigueur martiale il en dompte l'impétuosité fougueuse! Ce fils de la
gloire, formé autant pour être
aimé que pour éblouir, ce nouvel
ami, non moins suave qu'imposant, est près de celle qu'il admire, ses regards ne veulent pas
quitter ceux de la modestie, ceux

des doux aveux. Quel éclat ! quelle simplicité ! que de victoires ! que d'abandons !

Au milieu des cours de l'hôtel Derval ont retenti les pas des chevaux, le roulement du char de l'épouse. Le Prince a repris la main de cette vierge grâcieuse et tendre, de cette femme douce et noble ; il était l'homme que l'orgueil avait attiré en ce jour, il est devenu le libérateur de son aridité, il désarme ses terreurs.

Avec l'accent de la tendresse, avec le langage du sentiment, le digne héros et la jeune élève de l'abbaye surprennent tous les instans que les chocs de la société leur abandonnent. Les heures s'écou-

lent, elles couronnent l'amour,
ses feux dardent dans des cœurs
ardens, ils consument les funestes
alternatives ; comme sur un océan
sans bornes, le héros et la vierge
s'embarquent, le reflet des vagues
est brillant ; cependant, de même
que sur celles des mers indomptables, les longues et douloureuses
agonies y résident.

La nuit déploie ses voiles, le
dôme immortel présente un aspect
riant ; la soirée est belle, l'air est
doux ; l'aspect du jour suivant s'est
empreint joyeux par les couleurs
du ciel : plus de génies sombres,
plus d'événemens funestes ne paraissent redoutés aux pieds de la
retraite que veut regagner la belle

élève du monastère. Elle est épui-
sée de peines ; elle est accablée de
plaisirs. L'hymen l'a saisie, le héros consolateur la subjugue.

Soudain une brillante musique
se fait entendre ; elle vient des
jardins de M. Derval. Les yeux de
l'élève de l'abbaye se sont levés
inquiets, et ses lèvres sont restées
immobiles. Elle devait donc se
ressouvenir encore des événemens,
des présages de la veille, devant
lesquels elle recula indignée, dans
lesquels elle rencontra des révéla-
tions effrayantes. Paix..... courage... le Prince les ignore : sa
présence sublime ne vient-elle
pas les effacer ?

Les directions réagissent, elles

se heurtent ; les uns vont où commence le concert solitaire, les autres se précipitent sur les balcons illuminés; auprès d'un des siens la vierge apparaît : telle la fleur amante du soleil est tournée vers lui, telle la fille d'amour contemple le guerrier généreux qui rassure son âme.

Un coup d'œil enchanteur attend les témoins de cette union brillante. Tout-à-coup la nature semble présenter deux firmamens. Quelle magnifique clarté succède à celle qui a fait ses resplendissans adieux! Quelles couleurs variées, quelles formes magiques lancent des feux fendant orgueilleusement les airs! Est-ce un songe ? L'hôtel se

dessine par les lumières qui en for-
ment un monument enflammé sous
l'horizon duquel elles font pâlir
les astres scintillans. Puis, quels
sont ces chiffres? quelles sont ces
armes? pourquoi ces couronnes?
pourquoi flottent ces drapeaux?

C'est que ce jour est l'anni-
versaire mémorable d'une des con-
quêtes illustres de l'Empire français; les chiffres sont ceux du grand
homme aussi puissant qu'irrésistible, du grand Napoléon, dont
rien n'intimide la pensée, dont rien
ne porte obstacle aux buts : d'autres s'y enlacent.... aurait-on pu
oublier la compagne de ce grand
héros des trônes ?.... Ces armes
palpitantes de triomphes sont celles

qu'il a choisies pour le guider à la victoire, les couronnes sont le symbole de toutes celles conquises par les célèbres guerriers des fêtes de l'hymen, et les drapeaux aux couleurs éclatantes sont pour réunir les doux rêves de la patrie.

A ce tableau qui peut désirer encore?.... Le Prince et l'élève de l'abbaye. « Chère comtesse, belle Asléga, dit d'une voix plaintive le héros attristé, ces lieux, tout ce que je vois, s'ils réalisaient, si c'étaient les preuves de ma félicité!.. » Erreurs du sort!... oh! fatal moment....

Le Prince ne parle plus, mais son regard peint sa pensée mélan-

3*

colique, et il semble environné des
mystères du malheur.... Ce langage, cette voix de l'amour sont
une nouvelle magie... Quels doux
accords émanés d'une adversité
même!... Comme balancée entre
deux existences, comme sur un
problème insoluble, la vierge est
égarée de bonheur, elle ne possède plus de plaisir, les souhaits
l'entraînent, elle n'a plus d'es-
poirs; et fille des vrais élans, elle
reste muette sur les bases où ils
expirent.....

Dans des voies inconnues l'amour
murmure : « Asléga, tu aimes! »
Fougue du sort, la vierge est en-
chantée, la vierge se sent mourir...
La main sur son cœur qui faillit

de tous ces combats, elle cherche à le faire comprendre, à qui, grand Dieu! à l'homme digne de ses secrets... Aussitôt elle fuit... aussi vite le Prince disparaît.

Le sommeil pose ses pavots sur les yeux de la nouvelle épouse; un songe trompeur vient égarer et ravir le sens obscur de ses désirs, la faire posséder ce que la tendance de son jeune amour aurait voulu arrêter avec le destin.

Le front ceint de la couronne virginale, elle se croit sur le char nuptial; il lui semble s'acheminer au temple où elle doit aller le lendemain, elle respire dans un cercle spacieux d'idées, elle voit tout avec bonheur. Comment s'expliquer, comment s'interpréter la paix dont elle jouit?....

La clémence s'offre à la vierge abusée; qu'amène-t-elle? l'homme créateur de tout ce que ressent Asléga; il est à ses pieds. « Prince, s'écrie-t-elle, toi !.... toi, mon époux !....

Un songe exalte, un songe produit des miracles : comme une puissance indomptable, il a vaincu la vierge; elle célèbre le change-ment guidé par les apparences flat-teuses, et sa paix est lointaine.... elle prolonge son sourire, et elle est sur la couche des funestes adieux......

~~~~~~

LIVRE VIII.

A l'orient, les heures dorent leurs ailes, dans les plaines d'azur elles secouent leurs couronnes rembrunies, et les ombres errantes se brisent devant la lumière qui plane dans les champs aériens. Les plages, les rochers, les vallons, les montagnes; tout se revoit dans le monde; les habitans de toutes formes et de toutes couleurs se raniment sur la terre, où la vie s'annonce avec ses persécutions, avec ses richesses, avec ses délassemens, avec ses travaux.

La belle élève du monastère
s'éveille; hélas! son cœur est oppressé, des larmes d'amour en
coulent à torrens.

Ah! malheur aux femmes hors
de leur véritable existence, adversité continuelle dans une destinée que repousse leur âme.

Asléga, sous le ciel radieux, les
regards vers l'horizon éblouissant,
parmi les airs chargés de parfums
et retentissans des concerts joyeux
des chantres du bocage, Asléga se
retrouve sans bonheur.

Que nous annonce la naissance,
que nous amène ses accords? La
jeune épouse est isolée: où est
l'être fictif qu'elle admirait? Il
s'est enfui, ou plutôt il n'est pas

venu. C'était un prestige, il n'est plus! Elle comprime, elle rend captifs les transports que ses traits manifestent, c'est une des grâces timides qui prend ses voiles devant les regards de l'hymen qui l'alarme.

A son sommeil réparateur elle a pardonné ses mensonges, et, la tête mollement posée sur son bras, elle cherche les réalités de son réveil. Le Prince est au-dessus de toutes; dans les souvenirs qu'il amène, elle s'enfonce et pense. Que d'aspects cruels! que d'émotions sereines! quels nuages! quelles belles lueurs derrière le temps qui la défend, comme un épais feuillage intercepte les rayons qui oppressent le jour.

Grand Dieu ! déjà on vient vers elle !... Sortant de sa couche avec effort, elle court au fond de son désir, c'est d'être seule avec tout ce qu'elle veut laisser inconnu.

Elle avait l'habitude de porter ses premières pensées auprès de la ressemblance de sa mère. Hier elle y fut fidèle, aujourd'hui elle s'est assoupie dans un nouveau sentiment ; elle se le dit, et, dans sa retraite encore inviolable, elle prononce : « Pardonne, ma mère, oh ! pardonne !... » Comme dans un écho mélodieux les accens d'Asléga se répètent, que l'absence roulât ses larmes dans le sein de celle qui pense n'être plus aimée de sa fille !

Amour, par toi les rois laissent-ils fléchir les devoirs du trône ? par toi les droits maternels peuvent-ils s'oublier ?

Dans la longue file des générations, il est des êtres contrastans qui rejettent constamment l'honneur et ses attributs ; d'autres qui luttent avec les cruelles offenses les lois de la nature. Plus d'hésitation ; maintenant ne laissons jamais planer ces suppositions sur la digne élève de l'abbesse , sur la douce fille de Mme Derval, abusée dans les secrets les plus amers.

Asléga , devant les funestes

barrières que son père a posées,
a vu un génie qu'adore sa mémoire ; néanmoins elle est fidèle
aux affections de sa jeunesse. Les
vertus se réfléchissent, elle est
leur fille, elle fut leur élève ; ce
sont elles qui la reconduisent au
but où la rappellent de nouveau les
ordres de ce père à qui elle a dû
obéir ; et, parmi les préparatifs
qu'il a fait disperser, elle passe
comme la plus douce image de la
vie.

Dans des blancs tissus aux on-
doyans reflets, dans des voiles
aussi légers que les ailes de l'a-
mant des fleurs, aussi suave que le
jeune bouton épanoui sous la rosée, son air enivrant perce sous

les gazes mobiles, de même que la souveraine des printemps à travers l'aube incertaine.

Le roi des cieux, celui qui fait éclore et nuance les atours des parterres, le soleil bat sur les pas de la vierge ; le chef adoré lui apparaît dans le cercle de ses rayons ; les plaisirs, les belles actions s'y égarent. Les esprits du trouble passent sur le jeune front de la vierge, les impressions tristes s'effacent de celui du héros ; il est plus ému que la veille, l'élève du monastère est plus tremblante ; le Prince cause l'agitation de son sein ; elle rallume les feux du sien.

O magie des amours ! ô ivresse

des cœurs! vous les enflammez,
et, séduisantes par vos espérances,
vous les appelez; ils bondissent,
ils sont à vous.... défendez donc
qu'ils se retrouvent isolés. A cette
même heure, témoin de leur délire, revenez sans cesse.... vous
êtes leurs vies; si vous échappez...
elles cessent.... De grâce, restez
toujours.

Le Prince regarde, implore ainsi
l'avenir. La vierge, n'osant l'inter-
roger, est l'harmonie des pensées
qui sont ses plus chères conjectures, et, sans gouvernail, la fille
des prodiges, le noble héros de la
France s'admirent plus que jamais;
l'homme majestueux, la vierge
pure, voguent plus enthousiastes

sur les flots battant aux pieds des tempêtes.

Quoi! déjà la gloire trouve un écueil!... la beauté reçoit une blessure!... Entraves cruelles, atteintes attérantes, ne vous étiez-vous pas témoignées?... Les douceurs de la renommée, les victoires du malheur tenaient-elles au miracle, émanaient-elles de l'espérance?

La nouvelle épouse avait rêvé la forme céleste, l'homme divin qu'elle revoit. C'était elle..... c'était lui.... Elle ne peut en détacher ses regards. Quel tendre retour ils ramènent en son être entraîné à l'hymen! N'importe, son cœur, son âme se donnent, se guident en dépit des hommes, des lois et de la raison.

C'est l'éloquence, c'est l'énergie des résolutions du héros qui entraînent les siennes ; elles s'avouent sur ses traits resplendissans , elles l'éclairent, elles l'éblouissent. Ah ! pitié pour l'honneur passionné , pitié pour le dévouement enivré !

Tout-à-coup les sentimens du Prince ont plongé dans les nuages ; jusqu'à ce jour, il n'avait connu que des félicités idéales, il a rencontré les plus réelles, et il doit les abandonner à l'union qui dévore les prestiges qui l'entourent , qui offense la vierge craintive devant elle, et qui va tomber peut-être sans force à ses pieds !....... Seul, cette idée l'a effrayé : près de la tendre Asléga, elle le désespère, et il se courbe sur son courage blessé.

Qui vient y lancer la foudre ? Personne... Ce n'est rien... non, rien qui lui soit étrange, rien qui lui soit nouveau. C'est la persévérance des cérémonies de l'hymen. C'est un bruit d'armes, c'est une voix guerrière ! On vient escorter la marche de la belle épouse. Le Prince a souri... que ce sourire est triste !.. Sur ses lèvres il a glissé pareil à une douleur. Autour des illusions attristées va-t-il rapporter des succès?... Non... il s'éloigne ; le plus brave

des guerriers s'est enfui... Ces as-
sauts, il ne sait pas les combattre.

La reine des fêtes a vu les souffrances tacites du héros. Quel af-
freux complément il lui reste à
remplir! Ah! si elle est aimée de
lui, certitude qui l'enchante et
l'accable, qu'il vienne aider ses
propres tourmens, ses mêmes angoisses, et pourtant aussi son même
bonheur.

Il ne vient pas... Grand Dieu!
tous les fantômes de sa jeunesse,
les présages du désert aride, les
précurseurs douloureux des fêtes
reviennent devant la liberté mou-
rante de la jeune épouse. Les pré-
rogatives de ses mouvemens? Elle

ne les a plus. . . . Le flambeau où elle allumait ses penchans, il est éteint.

Sans le Prince, qu'elle voudrait consoler, sans lui qu'elle voudrait retrouver, pourra-t-elle se soutenir, pourra-t-elle se maîtriser?

Long supplice, désastre acharné, existence confuse, solitude effrayée, la fille de la sensibilité extrême reçoit vos coups violens!

M. Derval a dit : « Où est le Prince ? »

Il n'est plus là ! . . .

Les époux sont attendus au temple ; le maréchal *** s'approche de l'élève de l'abbaye ; il remplace son illustre ami. Peut-il aborder les raisons de sa disparition ? Il les

II. 4

cherche, il les ignore, il le rappelle.

Les galeries aux apprêts splen-
dides ont vu passer la femme aux
destins dépouillés. Son âme est
presque aliénée au grand naufrage
imprévu. N'importe, il faut avan-
cer dans le désert ; ce n'est plus
l'indétermination qui doit la conduire, c'est l'excès du malheur....
A ces paroles qu'elle s'est pro-
noncées, elle a baissé ses voiles ;
ils cachent, la couronne de l'hymen ombrage sans doute ce qui
pourrait la trahir.

A la tête des soldats, la trom-
pette sonne. On vient d'annoncer
la présence de celle qui aurait attendri, si les longs plis de son

voile nuptial n'eussent recouverts ses attraits touchans. Les nuances de sa langueur, elle les protége; ses mouvemens, elle les supplie; ses pas, elle les ordonne.

Spontanément tout s'agite. Que de chevaux battent la terre! que de panaches aux couleurs variées! que d'ordre, que de tumulte!... C'est le nouveau cortége de la jeune élève du monastère.

C'est en vain!... les armes qui resplendissent parmi les heures ardentes, pour elle ont perdu leur expression puissante, leur entraînement presque irrésistible : le Prince n'électrise plus cette scène se déployant sur les routes du temple... hélas! sans qu'il soit de retour.

Dans la ligne guerrière, le char de la nouvelle épouse est entré ; les autres ont pris rang ; les chefs, les dignitaires de l'empire montent leurs coursiers à crinière ondoyante, couverts de housses brodées d'or, écumans d'ardeur, contenus par des mors brillans, conduits par la gloire, tout brille sous les grands feux du monde. Les personnes dont les pas sont surpris par la marche magnifique des preux qui leur sont connus, s'arrêtent et les admirent : les bannis de ces somptueux appareils sont retenus, plongés dans une espèce d'extase.

La souveraine de ce cortége pompeux qui défile, la vierge qui

pourrait éblouir reste ensevelie
dans ses longs voiles. Ce sont les précautions des tourmens d'amour.
Combien cependant on désirerait
la voir ! comme on voudrait, par un
désir inconnu ; qu'elle soulevât ces
tissus dans lesquels les haleines du
matin semblent de jeunes âmes du
ciel voltigeant autour des dignités
de la terre !

Sous l'azur semé de flammes,
sous le dais qui n'exprime que joie
extrême, s'est montré le fier clo-
cher du temple auquel on se rend.
Ses cloches imposantes semblent
gémir. Asléga sent son cœur s'arrêter; et pourtant ces longs tinté-
mens, cette voix qui lui paraît

effrayante, sont les sons qui saluent l'illustre cortége.

Sous les arcades des portes de
ce même temple, quel est ce
groupe retiré au sein de l'ombre
contrastant avec l'arrivée éclatante?
C'est la misère qui pressent la bienveillance, qui attend la richesse.

Auprès de ces convictions ralliées; soudain qui peindrait tout ce
que rapportent les songes d'amour,
tout ce que peignent les rêves de
la félicité? La terre reprend les
atours du printemps aérien, les
roses se rouvrent sur les rameaux
magiques. Dans les sensations alté-
rées, dans les orageux soupçons,
la fille de la beauté n'abîme plus

son âme. Ses esprits, aussi vifs
que les zéphyrs qui vont effleu-
rer les parfums, ses esprits douce=
ment ont frémi en s'élançant vers
une espérance, en rencontrant une
certitude fortunée.

Quel est ce guerrier guidant un
destrier fougueux? Il se glisse au
milieu de la foule, entre les entraves il vient avec impétuosité.
Dans le lointain, c'est le soleil à
l'orient perçant les airs, c'est un
reflet du ciel sur les flots de la vie.
Les simples habitations, les objets
sublimes semblent s'animer....

Etrange amertume, tu t'en-
fuis.....

Sur le sol tremblant de la course
rapide de son coursier, le héros

ralentit ses pas. Dans le cortége il aborde.... il s'y égare.... C'est le Prince!

Quel air à la fois soumis et fier! C'est l'ivresse, c'est l'honneur. Sur les voiles réfléchissant un nouvel aveu de la femme ravie au fond de leur secret, sur les voiles d'où jaillissent les preuves les plus éloquentes pour entraîner le regret alarmé, pour exprimer les privations passionnées, le Prince a jeté ses regards étincelans mêlés d'une teinte suppliante; ils demandent, ils cherchent la grâce bienfaisante de sa disparition trop impétueuse, de son mouvement trop irascible.

Séduction, vous et vos essaims entraînans, soyez discrets!...

Auprès des murs du temple, la vierge qui le redoutait donne son consentement tacite à la hâte qui la rapproche des autels; avant d'engager encore sa foi, elle va précipiter ses tendres reproches, elle va prolonger ses tendres remercîmens vers celui qui l'emporte sur tous les périls, sur toute l'adversité, vers l'homme auquel elle reste cachée, au bien-aimé dont elle prive le retour que tout son être applaudit.

Mais elle redoute les marques qui attesteraient trop visiblement l'émotion sereine qu'il lui cause; du moins qu'il le prévoie, qu'il comprenne qu'en se laissant ignorer, elle opprime ses génies épars

4*

dans un reste de peine, dans un reflux de bonheur.

Souvent le cœur humain pour un instant donnerait sa vie; le Prince l'abandonnerait pour le plus prompt où il reverrait celle qui règne à jamais sur le sien. Il le suit cet instant, il lui semble idéal, il le possède, est-ce vrai?... Un peu d'attente ne rend-elle pas le plaisir plus vif?

Le char de l'épouse s'arrête devant le pérystile du temple décoré de guirlandes virginales. Un mouvement d'Asléga appelle le Prince; Asléga lui tend une de ses mains délicates, de l'autre elle lève son voile; elle est resplendissante, elle rattache tous les regards du héros : à elle tout le soutien qu'il lui avait ravi.

Quel air innocent et pur! quel air franc et digne! La brise se joue dans ses longs cheveux, et, comme une œuvre chérie, elle vient justifier le coloris de son visage; leurs anneaux flottans errent sur son sein ; ils en dérobent le battement agité.

On s'entend donc sans paroles? on se comprend donc sans entretien? Où?... Comment?... A la source des lois de l'expression, c'est en sachant saisir l'essence de la pensée.

Le Prince a compris ce que l'élève du monastère s'est prononcé en elle-même, ce que sa physionomie interprète de nouveau. Il l'entend lui adresser ces mots : « Toi qui voulus être mon ami, cruel ! en ce jour pourquoi m'avoir privée de ma seule jouissance ? pourquoi avoir fait taire l'harmonie ? pourquoi avoir désenchanté les hommages que tu aurais embellis ? »

Mais ses yeux... mais son sourire ?... Ah ! ce sont les consolations de la gloire, ce sont les secours du pardon charmé.

Du haut des airs la fortune semble semer ses dons; vers la pauvreté le luxe s'incline : dans la tourmente des événemens, l'élève du monastère, la fille adoptive de la noble abbesse avec l'homme vé-

néré, avec le Prince, parcourt les
rangs de l'indigence ; elle y invite,
elle y conduit la générosité. Chacun des êtres qu'elle comble de la
sienne voudrait admirer celle qui
guide une aumône semblable à
l'abondance, celle qui rallie autour
d'eux des présages presque incom-
préhensibles. Tel qu'un bienfaiteur
sublime, elle s'élance loin des résolutions attendries ; tel qu'un être
surnaturel, elle n'est plus visible
pour ceux qui tomberaient à ses
pieds.

Avec l'illustre compagnon qui
est revenu poursuivre avec elle les
causes de leur séparation, l'élève
du monastère est au-delà des portes

de la résidence du souverain des rois.

Les instrumens militaires y font entendre une divine mélodie ; cette voix des combats semble être devenue céleste, et descendre dans les nuages des parfums brûlés devant les emblêmes révérés.

Celle que l'hymen amène impérieusement, Asléga, ralliant presque tous les hommages de la terre, la jeune vierge de la solitude se présente. Toutes les merveilles qui suivent le matin se dessinent sur son visage, et les ombres du soir s'y annoncent.

Ce lieu de prières, ces odeurs pieuses lui rappellent son enfance ;

cét accueil guerrier, ces hymnes
militaires la jettent dans des souvenirs indéfinissables.

Ils sont animés, sa main naïve
le confie au héros dont la vie est
pour ainsi dire suspendue aux impulsions de la vierge, aux principes
qu'elle voudrait avoir rencontrés,
aux résultats qu'elle voudrait saisir.

Néanmoins au-dessus de la faiblesse elle domine; c'est la vertu
conduite par la victoire. Sous les
murs saints elle implore la paix;
le Prince soutient son tremble-
ment, et tous deux s'enfoncent
dans les heures poignantes qui
éprouveront leurs cœurs qu'ils im-
molent.

La fille de la perfection est sur

les premières marches de l'autel ;
elle n'est plus seule avec le Prince,
des dames et son époux se présen-
tent avec elle. O ciel ! qu'aucun
mouvement ne trahisse tout ce que
cet enfant du malheur éprouve en
cette triste solennité.

Belle et tendre Asléga, la main
de la destinée pourrait - elle te
frapper jusqu'aux pieds de celui
qui des cimes éthérées pres-
crivit les lois immuables qui mar-
quent sa puissance éternelle ?

De ce Dieu un ministre ici-bas
élève ses mains vers les régions
divines ; c'est celui qui célèbre la
cérémonie sacramentale des liens
de l'élève du monastère. Autour
d'elle règne un calme passager,

calme à la fois de douleur et de
repos. Dans son sein, parmi l'espace paisible, on croirait faire une
pause d'infortune sur un des monts
de la terre où se taisent les flots
du monde; on dirait pressentir
une atmosphère où meurent les
tourmens humains, et voir dans
les odorantes ombres des parfums
les vœux de la prière fuyant sur
les voies du ciel.

Douces rêveries, cédez à une
conviction qui vient vous vaincre.
Dans ce pieux monument, à travers ces vapeurs fantastiques un
œil actif élance son regard réfléchi; à l'ombre du silence, à demi-
voilée, voici celle qui suit tous les
événemens du val terrestre. Ce

regard se livre à de mystérieuses
visions, cette inspirée sonde les secrets : c'est l'observation, c'estelle..

Le tumulte se repose ; attenti-
vement elle fixe les époux ; l'influence des contrastes qu'ils annoncent la frappe, ils l'oppressent. . . .
Ses sensations indépendantes et
souvent ignorées cèdent et sont vi-
sibles... Quels sont donc les soupçons qui l'agitent? Quelle est enfin
cette rumeur qui l'épouvante ?....
et pourquoi la vierge épouse se
cache-t-elle à sa vue frémissante?
Probabilités indécises, conjectures
admissibles du lointain, révélez-
vous.

Quand la vierge épouse s'est ap-
prochée du sanctuaire , sur ses vi-

traux coloriés et nombreux les
rayons du soleil se concentraient ;
tels que des miroirs célestes, ils les
répercutaient dans les airs brûlans
et dans le temple glorieux, ils lan-
çaient des reflets nuancés pareils
à de diaphanes splendeurs émanées de l'éblouissante couronne
de l'horizon lumineux.

Des nuages courent dans son
azur, soudain ils passent sur le
disque solaire. Les clartés radieuses
chancèlent sur les traces du matin, et dans le temple les émanations enluminées s'éteignent ; elles
renaissent, mais leurs apparitions
appâlies et hâtives ne semblent
plus que les feux précurseurs des
tempêtes.

Le soleil s'est couvert de voiles
épais, les airs voltigent attristés,
la pluie inonde leur sein saisi.
Sous les nefs de l'asile vénérable
les sons des hymnes militaires expirent; sur ses voûtes la foudre
gronde; c'est en cet instant que
la vierge du monastère et le fils
des camps prononcent les paroles
sacrées... L'anneau nuptial de la
fille du malheur brille dans un
jour sombre; ses chastes parures
sont couvertes de teintes téné-
breuses; et à genoux aux pieds des
autels, cette épouse angélique
implore l'Être-Suprême à la lueur
rembrunie des orages.

Si jamais recueillement fut suppliant, c'est celui de l'élève de

l'abbaye ; si, dans une humble pause, une femme inspira de hautes conceptions, c'est Asléga. En extase, contemplant tant d'appas, un homme avec dignité incline son front plein de soucis, son front éclatant d'attraits. Dans les profondeurs du temps il dépose pour elle de tendres vœux; avec l'organe de l'âme, à l'Eterternel il jure de ne jamais délaisser les destins de cette fille si rayonnante, de cette femme si plaintive : c'est le prince C***; c'est un des plus nobles héros de la France.

Dans cette scène animée et immobile, dans ce tableau errant et fixe, chacun mêle ses nuances

graves ou sereines, ses pensées
stables ou éphémères. Tout-à-coup,
quel trouble! Est-ce un songe agité
qui interrompt la bénédiction ter-
minant la cérémonie?... O surprise! les saints murs ont retenti
d'un cri qui pénètre la muette
étendue!... il court dans les échos
qui le répètent on dirait avec
compassion : Quelles alarmes viennent encore s'amonceler sur le
seuil de l'hymen?

Asléga tressaille, elle se relève
effrayée : que ce cri est lamen-
table!... Au loin il résonne sourdement, dans son sein il vibre
tremblant. La terreur est dans ses
yeux, l'anxiété est sur ses traits.
Son époux près d'elle paraît-il

la rassurer?.... Non.... Son front
est sillonné d'un étonnement co-
lère, empreint de hauteur. Celui
du Prince? d'une compassion mâle
et sublime. Ceux des assistans?...
d'une inquiétude qui cherche, exa-
mine, interroge et répond.

« Cet accent presque égaré est
sans doute de cette personne pâle
comme une chimère évanouie. »

« Où donc est-elle? »

« Là, contre cette colonne où,
languissamment, sa tête s'ap-
puie. »

« Le bouleversement de son
visage peint le désordre de ses
esprits. »

« Il est vrai, son angoisse est
ardente. »

« Quelle en est la cause ? »

« Elle est renfermée dans les secrets de cet être qui s'est emparé de
tous les regards ; seul, si on l'in-
terrogeait, il pourrait répondre :
« Revoir celle que j'aimais avant
que le monde la connût a été mon
seul désir ; la retrouver épouse,
c'est la réalité de mes douleurs. »

La fille d'amour l'aperçoit ; nouveau secret d'infortune !... nouvel
entraînement confus !... C'est Victor, le compagnon des jours heureux... Son œil est hagard... sa
respiration va cesser.... Dieu ! il
va succomber à sa démarche im-
modérée....

Des accens étouffés viennent
étonner son délire.... Quel est ce

vieillard qui fend la foule? O de-
gré d'épreuve!... ô période d'a-
mertume!... le second père du
jeune Victor, sans haleine et sans
voix! l'ami de Mme Derval, le
vieux protecteur de l'élève de
l'abbaye! comme il est pâle!
comme il est défait en entraînant
l'être de la démence, arrivé malgré lui près de celle qu'il nom-
mait sa fille!

Elle, cette fille d'autrefois, en
sa nouvelle vie étouffe et dérobe
ses soupirs. Mais peut-elle ne pas
céder aux palpitations de son sein?
pourrait-elle cacher son atten-
drissement? «Non....» se dit-elle;
et aussitôt cet enfant des transes
s'enveloppe de son voile virginal

comme d'une nuée aérienne, man-
teau céleste de ses craintifs secrets.

Victor a disparu avec le respec-
table vieillard qui se disait son
père. On en parle encore ; c'est
une destinée passagère. Pour la
compassion fugitive naît le prompt
oubli ; pour la présence évanouie
se meurt le long souvenir.

Cette apparition généralement
inconnue, sa rumeur éteinte, ne
sont pas dissipées pour l'élève du
monastère ; sans presque y consentir, elle l'exprime au Prince. Cet
homme libérateur est revenu près
de cette fille des larmes; il saisit
sa main ; son attitude trop pen-
sive pourrait attacher sur elle

les regards et la réflexion. O Prince ! quelle est votre prévoyance? ô Amour ! quel est ton pouvoir? La vierge vous entend, elle vous cède sa jeune existence ; elle te reconnaît, elle t'abandonne tout ce que tu réclames.

On sort du temple. Avec le bien-aimé, la belle élève du monastère rentre dans le vaste océan du monde ; le péristyle est jonché de fleurs, l'air est rempli de leur senteur suave. Remarques indécises, présages des heures qui fuyez, devez-vous vous effacer? La nature est délivrée de l'orage, les zéphyrs légers se balancent sous le firmament épuré, les douces haleines du printemps écartent les barrières qui interceptaient les feux régénérateurs des temps sereins.

Des cavaliers au vol diligent précèdent le retour des époux. Les fanfares de guerre, auxquelles s'électrisent les braves, attendent le concours ; elles saluent son arrivée, et la reine des fêtes, environnée des dames qui les ornent, suivie des héros qui déterminent leur éclat, longe ses galeries, entre dans les salons, dont l'ameublement est un chef-d'œuvre de l'industrie française, dont la richesse plonge dans l'extase les enfans de la fortune.

Que ce luxe produisit de ravages ! Hommes, pourquoi créâtes-vous tant de soucis ? Comment abandonâtes-vous la simplicité qui procurait un repos si parfait ?

Dans les félicités inconstantes et légères, quel aspect pourrait surpasser celui qui règne dans la demeure désormais de la belle élève du monastère ? Il appartient à tous les charmes du monde , il nourrit tous les rêves de l'univers. Qu'il est noble ! qu'il est fier ! qu'il est vif ! qu'il est ardent ! guerrier et tendre, riant et suave, joyeux et puissant, gracieux et imposant. Jamais assemblée ne recela dans son sein de nuances plus éclatantes ! Hommes illustres, femmes séduisantes, décorations augustes, parures opulentes, gloire , perfection, splendeur, enthousiasme. Arbitre du trône , souverain admiré ou chéri

par les enfans de la patrie, toi,
grand Napoléon, toi, dans ce cercle remarquable, refuserais-tu ton
doux sourire?

A la belle élève du monastère, le
Prince se consacre ; elle soulève à
demi les voiles de son enfance, à
cet homme qui l'adore, elle indique les réunions de sa jeunesse.
Qu'il est attentif en écoutant cette
femme, cette voix persuasive et
tendre! que son âme est brûlante
en ne croyant qu'à l'amitié dictée
par les conseils maternels!

L'astre du jour, encore élevé
sur l'horizon, lance sa clarté immense et pure. A travers le cristal
encadré d'or, il frappe d'aplomb
sur le toit des fêtes de l'alliance,
ses rayons se jouent parmi les

pompes et les prestiges de ce jour.

D'où viennent ces chants mélodieux pareils à un concert magique? quels sont ces accords semblables à des sons aériens?... O transformation merveilleuse!.... deux battans qui semblaient des miroirs immobiles s'ouvrent soudain.... Quoi, un temple!... serait-ce l'écho des plaisirs?... Parmi des reflets de pourpre et d'azur, des beautés en groupes s'avancent; dans un essor voluptueux elles se confondent : tels que des essaims d'immortelles à l'aurore d'un beau jour, elles font résonner leurs lyres suspendues par une chaîne de fleurs à leur cou d'albâtre. Leurs yeux lancent une douce lumière sous des gazes teintes des plus tendres couleurs, tombantes comme des jets de l'onde de leurs fronts ornés des couronnes de l'hyménée.

Les paroles que prononcent leurs bouches de rose semblent émanées des séduisantes illusions de la vie ; elles réfléchissent d'un bel avenir ou comme dans un ciel calme, on transporte la vierge dont le nom peuple l'espace et les airs, où voltige l'espérance, où découlent ses sourires.

Les chants ont cessé : cette légion harmonieuse par degrés s'éloigne ; seuls, les sons de leurs instrumens se prolongent. Quel est

celui qu'on aperçoit entre ces blan-
ches nuées qui s'épandent au lointain ? C'est une harpe somptueuse;
près d'elle un siége splendide semble attendre la reine de l'harmonie.

Les cordes de cette harpe fré-
missent : qui doit exécuter leur
imposante mélodie ? qui doit s'as-
seoir dans cette région sereine où
l'attente soupire ?

M. Derval marche vers la belle
et modeste fille de ses premiers
amours ; il lui a trop ordonné, il la
supplie; elle l'accueille, elle lui cède;
lui, doucement l'entraîne : c'est
cette femme imprégnée de grâces
qui vient étonner l'espoir, c'est la
fille du talent, c'est l'idolâtre des

5 *

arts; elle les possède de l'amitié,
elle les évoque avec passion.

Asléga, colombe d'innocence,
l'image des appas, la fille des
louanges, cherche de l'œil l'homme
de l'honneur, de la vérité, celui
qu'elle aime; il l'enveloppe de son
regard, il exalte sa candeur, il em-
brase son sentiment, il la sollicite
par un soupir... souffle de l'âme,
il soulève l'oppression de sa mémoire. Dans le passé, dans le
temps qui s'entr'ouvre, Asléga
délaisse la douleur.

Cette femme du jeune âge enlève de l'instrument illustre des
accords d'une vibration forte et
prononcée; à ces préludes saillans,

elle fait succéder des sons conduits par le charme, des sons exprimés du droit musical. Quelle suavité ! quel feu ! quels doux emblêmes ! quels symboles passionnés ! ils exhaussent le génie, ils subjuguent comme le désir.

Une voix angélique se marie à ces exploits harmonieux, à cette exécution d'un vol éclatant ; c'est celle de l'élève du monastère ; les jeunes vierges rassemblées autour de cette créature que comble l'ivresse, répètent ses derniers refreins : ce sont les parfums soulevés par le soir, ce sont les ombres transportant les essences du jour.

Ces prodiges de l'art, ces chants de délices ont excité les transports,

la valeur et la gloire ; la jeunesse
et l'âge rendent hommage au talent extrême, aux succès puissans.

. M. Derval, comblé de plaisir,
enorgueilli de joie, ramène la
belle Asléga au milieu du monde,
où il pense qu'on peut éterniser
sa mémoire. Quelles chimères !
Ce chaos épais que ne doit-il pas
ensevelir ?

L'élève de l'abbaye est en butte
au fracas des applaudissemens ral-
liés à son aspect, ils semblent vrais ;
souvent ce sont de faux rayons autour de nos étoiles vacillantes ; ils
planent sur Asléga ; mais qu'ils
s'endorment ou qu'ils renaissent,
ils se brisent dans l'agitation silen-
cieuse qui vient la saisir. Cet être

jeune et touchant semble déjà connaître les humains, pressentir que ce qui est accueilli avec tant d'enthousiasme n'est pas absous de la haine, que l'envie conteste la supériorité, que parfois les adulations se changent en blâmes, et que souvent la prééminence provoque l'injustice.

La vierge a pensé, et ses esprits s'élancent dans les disgrâces de sa mère ; en elles se brisent les flatteries et disparaissent les erreurs. On l'a séparée de cette mère dont la tendresse écoutait toutes ses affections naissantes, de cette divinité qui du sein des offenses l'environnait des dons qui la couvrent de suffrages. Une femme de déses-

poir, une âme sauvage, un être sinistre, un génie d'opprobre enva-
hit les droits de la bienfaisance ;
elle versa son sang, fascina l'œil
d'un époux, assiégea le cœur d'un
père : à sa fille qu'a-t-elle départi? ce
que l'esprit du crime réunit pour la
créatrice de ses jours, une vie dé-
serte de bonheur, un hymen per-
fide, peut-être le trépas?

Le Prince s'est livré aux transports que lui a fait connaître l'é-
lève de la solitaire, de celle que le
merveilleux suit, que l'appréhen-
sion entraîne, celle dont les formes
sont surnaturelles, dont les esprits
sont d'une substance divine. En
esclave il la contemple. « Est-il
vrai? se demande-t-il ; son visage

charmant n'a plus qu'un reste de
sa fraîcheur, ses feux sont éteints,
sa mobilité jette une sorte de
lueur douteuse qui seule éclaire
la pensée attentive. » Sublime ami,
il le voit ; celle d'Asléga tient à un
mélange d'alternatives funestes, de
tourmens sombres. Ses mains ha-
biles sont tombées sur elle comme
désenchantées, ses yeux fixes sur la
terre sont obscurcis de langueur…
L'amour frissonne…. fille des destins, il plonge dans les causes de
ta souffrance… Tout-à-coup quelle
magie !… tes créations mélancoliques se dispersent, la chaîne des
adversités de ta mère se rompt, et
tu éclates encore dans ces instans
qui soumettent les certitudes et

qui dominent les années funestes.

L'homme héroïque, l'ami de la faiblesse, celui de l'infortune, dans un trouble inexprimable, près de la fille d'amour, prononce ce seul mot : « Aslega !... » Que son accent est triste !... que son appel est éloquent !... Le flambeau du jour relève la fleur abattue, le cèdre soutient le faible rameau. Le Prince fait frémir les esprits de la vierge, le Prince ranime son maintien. De son regard s'échappent les sources de la bienveillance ; sur son front magnanime sont gravés ses sermens douloureux.

« Prince, dit la jeune épouse, je n'appartenais plus à la félicité. »

« Et moi, » reprend-il....

« J'implore votre générosité. »

« Crois à mon amour. »

Cette parole porte-t-elle les secours du péril ? Asléga, non moins
mobile qu'exaltée, se livre à l'excès de son trouble réparateur ; le
ciel, la terre, la vie, les hommes,
l'immensité, l'infini, tout enfin
disparaît dans celui qui possède
son cœur, qui surprend son âme.
Quelle clémence !... quelle douceur !...

Le jour s'évanouit, tout est prévu
pour le ranimer. On appelle dans
la salle du festin ; il s'adapte à la
splendeur de ce jour trop préci-
pité, aux songes du matin, aux
ordres du soir.

Les croisées entr'ouvertes don-

nent sur les jardins où se répètent
les chants de l'hymen. Des cande-
labres précieux, surmontés de bou-
gies dont les couleurs variées frappent agréablement la vue, dont les
flammes réjouissantes se répandent,
sont placés dans l'enceinte, où la
gaîté règne, où les mets se prodi-
guent, où l'esprit profond, où les
idées légères, où la pensée rapide, où le génie nonchalant se livrent à l'allégresse, où les hommes
charment leurs sens, où ils confondent leurs souhaits en buvant
à la coupe des plaisirs.

Les invités du soir pénètrent
dans les salons du bal; toutes les galeries sont illuminées, tout est
riche, tout éblouit dans l'immense

demeure de M. Derval et de la nouvelle épouse. Entre le soir et la nuit on s'aborde, on se félicite; les uns parlent vaguement, les autres raisonnent avec chaleur.

Soudain quel est ce signal qui vient charmer les traits piquans, animer les physionomies voluptueuses, surprendre la gravité tendre, faire flotter les vêtemens légers, flatter le goût, l'élégance et l'abandon? C'est celui de la danse. Les sons qui en régissent les images, qui en conduisent la réflexion, ont retenti à l'entrée de celle qui vient siéger sur le sommet de la beauté, de la reine des fêtes, qu'on prendrait pour la fille des merveilles.

Sous un dais d'une étoffe blanche comme les neiges des monts,

semée d'étoiles rayonnantes de
même que celles de la voûte des
cieux, Asléga vient de paraître.
Ses atours sont unicolores avec le
lis des vallées; ses parures sont les
astres scintillans de la terre. Dia-
mans, vous étincelez dans sa blonde
chevelure, vous brillez sur son cou
gracieux, vous entourez ses bras
séduisans, vous pressez sa taille
élégante.

On se presse, on veut la voir,
on désire l'entendre; heureux
qui l'approche, plus fortuné celui qui lui parle : de douces paroles elle en prononce; mais que
son teint est pâle! que son air est
abattu! que son œil est désanimé!
que son sourire est fugitif!

Sur les confins de la vie, hélas!

la résignation se glace; mais l'héroïsme ne doit pas fléchir. Près de la séparation qui va briser son âme, l'élève du monastère est sombre, et la reine des fêtes ne voudrait pas se trahir.

Néanmoins sans le Prince, sans cet homme bien-aimé, quelle existence aride! sans la fille des attraits, sans cet être chéri, quels jours âpres et dépouillés! N'importe; le temps, qui ne considère ni ce qui nous enchante, ni ce qui nous désole, avec impétuosité s'avance, avec fougue ensevelit les instans, sans trouble amène les heures, sans émotion conduit l'avenir. C'en est fait! avec les délices, avec les transes, avec l'a-

mour, avec la douleur, la belle
élève de l'abbaye, le noble héros
de la gloire ont joint l'éloigne-
ment; déjà ils aperçoivent la distance !

Cette vierge épouse va quitter
la réunion somptueuse, l'allégresse
retentissante de son hymen. Le
Prince, qui voudrait constamment l'environner de sa vie, la
suivre de son regard, ne va plus
la voir dans les enceintes brillantes; il le prévoit, pour lui aucun charme ne sera plus dans le
cercle des fêtes; la bravoure va
perdre son bonheur suprême, ses
tendres triomphes échouent, ses
paroles persuasives défaillent. La
beauté va se séparer des félicités su-

blimes, elle touche aux écueils re-
doutables, ses expressions timides
se meurent.

Tout-à-coup, comme un effort
de la tendresse poursuivie, du sein
des afflictions profondes s'élèvent
des mots frissonnans. C'est le noble
guerrier qui les prononce, il dit :
« Asléga, chère Asléga, écoute....
ma vie est plus en toi qu'en moi-
même, mon sort plus en tes desti-
nées que dans les miennes. Femme
incomparable, que mon amour
secret à toi m'attache ! que mes
vœux sacrés à toi m'unissent ! je
l'ai juré au pied des autels ; avant
de te quitter, qu'au ciel je le répète ; approuve, je t'en conjure. »

« Oui, répond avec un élan presque épuisé; oui, dit la vierge épouse, que les cieux t'entendent; moi, je t'écoute : c'est mon secours parmi les fatalités qui m'oppressent, c'est ma confiance au - dessus des infortunes dans lesquelles je m'abîme. »

Tandis qu'elle a parlé, que de trouble dans ses accens! quel air attendri dans ses charmes!

Pénétré des paroles qui frappent sa mémoire et qui déchirent son cœur, « quelles que soient ces fatalités, reprend le Prince; quelles que puissent être ces infortunes, à toi pour t'en défendre, à l'existence pour creuser leur tombe.

Dieu et l'honneur en reçoivent les sermens ; qu'à ton souvenir, Asléga, ils résonnent à jamais. »

« Que ma foi, continue la vierge, que mes adieux à tes oreilles soupirent sans cesse ! puis exauce l'adversité qui te repousse et qui t'implore : ta sollicitude est mon soutien, que ta condescendance soit ma vie : de revenir près de moi, pour mes regrets, attends quelques jours ; vois maintenant, ils ravagent mon âme, pense ! en te quittant encore, ils feraient expirer mon cœur. »

Elle a dit, la fille des revers ; en sa réponse elle vient d'accomplir le dernier dessein de sa présence,

II.   6

en sa prière d'exhaler les forces extrêmes de son courage.

Ses yeux chastes et mélancoliques, supplians et inquiets restent fixes sur le Prince, dont le regard heureux et désolé, fier et soumis, répond, résiste à la vierge, se plaint et obéit à l'épouse.

Elle s'achemine vers le seuil des supplices; sur celui des fêtes le Prince l'abandonne. Un soupir contraint accompagne la fille de la beauté et du malheur, un gémissement sourd poursuit l'homme de la gloire et du martyre.

Destin, toi puissance invincible, voilà l'enfant des larmes sur le sommet du funeste hyménée; pour

elle, que veux-tu?.. grand Dieu!..
qu'elle soit enlacée des fers de
l'esclavage !...

Et vous sort, vous pouvoir in-
compréhensible , le guerrier le
plus tendre se précipite derrière
le voile des ombres. Pour lui qu'or-
donnez-vous?... O ciel ! qu'il soit
enchaîné aux tourmens !...

LIVRE IX.

Hors des heures fidèles à son amour, égarant les traces de ses profonds regrets, la jeune épouse arrive aux champs de la douleur. Vivement émue du passé, elle arrête son regard abattu sur le tableau des usages; chacun le nuance à son gré : hélas! elle ne peut plus rien résoudre au sien. La vie qui lui appartenait les guides en sont rompus, les défenses qu'elle pouvait opposer les barrières en sont brisées, ses désirs sont expirans,

ses volontés tombent en ruines;
l'homme devenu son maître a ou-
vert son pouvoir échappé des brûlantes contraintes du mensonge
et des pesantes combinaisons de
la tolérance. Elevé sur le pavois
où il n'a qu'à vouloir, au tribunal
de la persécution il a cité sa belle
esclave.

Aux portes de la captivité, à
l'aurore de son outrageante union,
que la jeune épouse est touchante !
que de grandeur en accompa-
gnant les succès de son époux !
que de magnanimité en allant au
but que son père ordonna !

Le monde, son encens, ses
mœurs, ses réjouissances suivent
encore la femme vouée aux orages

d'ici-bas; enchaîné aux illusions, ce monde n'interroge pas la destinée de celle qu'il entoure des habitudes transmises et entretenues par les temps, pour fêter les premiers jours de l'hyménée. Ce monde sourit, c'est son principe, il promet, c'est son plaisir, il s'égare, c'est son privilége, la source des erreurs il ne la tarira jamais.

Hélas! l'élève de la femme des lumières, Asléga, derrière les voiles des enchantemens, rencontre la vérité isolée; elle porte le miroir dans lequel l'esquisse ineffaçable de l'avenir vient frapper la vue pénétrante, la réflexion affranchie, la raison favorisée de la belle épouse.

Quels arrêts, jeune esclave!...
et l'expérience te répète d'une
voix absolue : « Ils sont immuables... » Quel est celui qui t'impose les sacrifices qu'elle ordonne?
C'est ton époux, son harmonie
est sinistre, elle passe de ses lèvres à son regard. Effrayée de son
expression sauvage, douce fille de
l'amour, tu t'écries : Rassurances
du monde, langoureux appuis, de
même que des couleurs vaporeuses, vous avez déjà disparu.

La violence, la fureur exhalent
leurs cruelles atteintes auprès des
jours qui s'allumèrent pour éclairer la cérémonie nuptiale. En tous
sens elles menacent, pour toutes
causes elles se déchaînent : c'est

l'image d'un fléau mugissant qui accourt à la hâte envahir le sol déjà chargé de ses sombres présages. La jeune épouse recule, elle tremble.... Infortunée!.... sans courage, elle perdrait sa puissance; elle se roidit précipitamment près de celle que lui inspira la digne amie du monastère. La jeune colombe se rassure, tous les charmes rians se rejouent sur son front devenu pensif.

Qu'a-t-elle résolu? Du léger âge reprenant la naïve franchise, aux derniers jours solitaires saisissant la fermeté que sa seconde mère lui enseigna, elle en tire des accords inattendus, sublimes et brillans. Les échos de l'honneur

les auraient répétés; mais le chef
infidèle à ses lois sacrées, son ironie sauvage, ses sens épais, ses
organes avilis les anéantissent, de
même que les vents impétueux
éteignent ceux de l'airain d'alarme
appelant les secours, les chances
des dangers.

La jeune épouse, appuyée sur
son courage et pourtant cruel-
lement alarmée respire et vit
ainsi sur le mont rembruni, où
du sein de sa première destinée,
elle avait dominé. Chaque jour
elle se réunit encore à ceux de
l'amitié, chaque moment elle se
rappelle ceux de l'amour. Ses pri-
mitives pensées vont rejoindre les
conseils de l'amie solitaire, ses

6 *

premiers regards recherchent ceux
du Prince, l'être au-dessus de tous
ceux qu'elle aperçut dans la vallée
des humains.

Amours, couvrez de vos voiles
les souvenirs auxquels se livrent la
jeune épouse dans les réduits de
la béatitude, Ange de la discré-
tion, enveloppez de vos ailes l'i-
mage du héros enchanteur qu'elle
admire dans les secrets de la volupté. Zéphyrs, haleines des airs,
vous êtes brûlans de ses feux ; ils
enflamment sa solitude, ils éton-
nent les mystères et sur les ravages de son existence, ils lancent
des lueurs qui rassurent les tourmens de ses nuits et qui calment
les frémissemens de ses jours.

Des faits irrécusables attestent
la barbarie du comte B***; il bri-
gue de l'étendre : c'est le type gé-
néral de ses penchans. Il délaisse
ses projets exécutés pour y revenir encore, et son retour prouve
qu'il n'abdiquera jamais ses résolutions tyranniques. De son souffle
furieux il flétrit les guirlandes du
printemps, ses parfums fuient dans
le vague de ses actions ennemies,
ainsi que les jours dans le sein spacieux du trépas.

Comment n'être point ébran-
lé de l'explosion de ce gouffre
des offenses? telles des laves embrasées laissent tomber et dérou-
lent leurs longs incendies, de
même la douce élève du monas-

tère voit venir autour d'elle les
trames qui déshonorent celui qui
les fomente. Cependant noble et
d'un air ferme, la jeune épouse
les repousse ; sa vie cherche à les
adoucir. Comment se console-t-il
son cœur ? en rejoignant celui
du héros magnanime qui brille autant à son âme que les victoires
sur les colonnes des patries.

C'est en vain, Asléga suit le
tombeau de sa liberté, elle est
dans l'esclavage et tout meurt
aux pâles rayons de ses espérances! Sur la cime indécise de ses
mouvemens craintifs, à peine peut-
elle penser, à peine peut-elle croire
aux apparitions fictives du Prince,
qui seules pouvaient alléger les

chaînes qui confirment la défaite de ses triomphes.

« Si la physionomie de la jeune Asléga brille un instant, aussitôt elle s'afflige sur celui qui lui succède, en voyant les manœuvres étranges, les ressentimens indomptables de son époux. Dans les liens pesans dont elle est chargée comme une criminelle, il n'est plus de repos réparateur. Femme auguste, que de traits acérés, et point d'appuis secourables!..... Les accueils même de son père se dispersent; ils ne sont plus, sa présence s'évanouit, il a disparu, et les dernières consolations de sa fille sont englouties.

« L'époux cruel a mis à la voile,

il s'affermit sur ses bords, il or-
ganise sa marche, il mire tous
les points qu'il veut atteindre.
Sa jeune épouse pourra-t-elle les
reconnaître?.... « Juste ciel! s'é-
crie-t-elle en se détournant des
flots irrités qui battent contre sa
vie; mais sa résistance est légère comme celle de l'enfance
devant l'homme qui la domine.
La fille de Mme Derval doit s'avan-
cer sur la route frémissante que
lui montre l'époux qui se détourne
de toutes les voies, d'où l'on pourrait entendre les supplications
plaintives de l'innocence.

Asléga, dans un delire momen-
tané, Asléga, dans une dernière faiblesse, dans un excès de douleur

sur la première passion de sa vie,
laisse abonder la foule de ses larmes; au pied de la colonne de
l'amitié elle laisse échapper ses
adieux éperdus. Le soleil de son
union a disparu, l'étoile du monde
solitaire est éteinte, Asléga est dans
un sombre désert.

Napoléon, l'homme de la victoire, celui qui réalise tous les
rêves de la France, celui qui en-
fante tant de miracles, qui crée
tant de prodiges; celui qui, du
trône de gloire, lance de merveilleux desseins, qui les prescrit
de l'œil en même temps qu'il les
ordonne de la pensée, l'Empereur dit au comte: « Je désire voir

votre épouse. » De lui une invitation est un ordre.

Près de l'Empereur les louanges de l'élève de l'abbaye, à l'oreille du grand homme les avantages d'Asléga parvinrent par la bouche d'un héros remarquable, par l'expression ravissante du Prince. Napoléon, qui savait tout saisir avec une idée rapide, comprit hâtivement ce qui avait inspiré un de ses plus chers héros.

La jeune épouse va rencontrer le bonheur de la région des mystères, elle va revoir la réalité de ses souvenirs. Soudain le comte paraît délier les chaînes de l'hymen, sa voix résonne. Est-il vrai?... Asléga, des rayons d'autrefois viendraient-ils ranimer ta vie, dont l'éclat est terni? Ton époux prononce ces mots : « Madame, le célèbre chef qui nous appelle aux grands destins, celui dont la valeur brille sur le sein de nos armées, l'Empereur a prononcé pour vous une époque glorieuse : demain vous lui serez présentée, demain vous verrez le grand génie qui veille pour les hauts faits de la France. »

Puis aussi vite cherchant à détruire l'impression heureuse qu'il laisse percer malgré lui, il révoque toutes les persuasions qu'un jeune esprit pourrait raconter à sa victime, à laquelle il présente une espérance dans le présent, pour laquelle promptement il ramène l'affreuse perspective de l'avenir.

Ainsi la jeune épouse reste toujours la proie de cet homme horrible! . pour elle rien.... rien que lui et sa vengeance infatigable. Si cette esclave s'endort un instant sur sa misérable paix, elle se réveille, et revoit les maux qu'il prépare, pour les disperser dans l'avenir dont l'attente le dévore.

La tête appesantie de la jeune épouse est retombée sur sa main, sa pensée retourne difficilement vers le plaisir, traiterait-elle secrètement avec ses ennemis? Enfin elle se justifie, elle livre une circonstance flatteuse, elle soutient un avertissement favorable et la belle Asléga, écartant tous les chagrins qui obstruent sa mémoire, parvient à concevoir le trouble agréable qui se réunit à l'événement qui le cause. Jeune Asléga, femme des regrets, la main de la Providence vient te conduire; les faveurs du monarque fier et magnanime elle te les destinait... mais l'éclair a fui... Que te reste-t-il?..

... Tandis que l'arrogant époux cède à la voix impérieuse de l'Empereur, il recherche les nouveaux plans qui doivent succéder à l'activité des ses projets décidés. Quoi! son épouse sort du réduit où il veut la proscrire, de l'oubli où il

veut qu'on l'abandonne, de l'existence qu'il veut faire mourir !...

L'élève du monastère, qui re-
foule un instant ses ennuis dans
son éclatant et sombre asile, est
fixe devant un cadre, dont la
toile anime, captive et représente
les traits et la simple parure du
guerrier souverain.

Les yeux de l'épouse esclave
sont et restent relevés vers ce présent des arts, vers cette œuvre du
talent ; c'est le présage de la réalité, c'est son image réfléchie.

» Salut, » dit cette jeune hé-
roïne, « salut, premier chef de
la patrie, homme illustre de la
France. »

A ces dernières paroles l'organe, l'accent d'Asléga sont saisis d'une émotion extrême, sa vue perd les teintes du malheur, et des vœux brûlans jaillissent de ses lèvres pour la félicité de celui qui, enveloppé par les tourbillons de la guerre, s'est perdu dans l'immensité de ses succès.

Asléga, la jeune captive, comme par une œuvre du hasard a laissé échapper les substances qui émanent de son plus vif sentiment : elle adore le Prince, il aime, elle révère l'Empereur. Elle s'achemine, elle arrivera où vint l'homme de son cœur et dans la douce et heureuse surprise de l'entrevue du monarque conquérant, sur la terre où elle a rap-

pelé ses désirs. parmi les étincelles d'amour qui les ont rani-
més, elle attend ce qui console
ses malheurs.

Prince, Amant, vous vous inté-
ressez au destin de l'enthousiaste
beauté, vous suivez ses traces,
vous ne pouvez les saisir : vaincu
malgré votre éloquente résolution,
vous voyez disparaître les trésors
de votre existence. Tout resplen-
dit à la lueur de vos ordres, tout
vous sourit dans la carrière des
armes, cependant vous ne pouvez
frayer l'intervalle qui vous sépare
de la femme cachée dans l'avenir
obscur qui l'attendait au détour
des fêtes de son hymen.

Hasard, d'une de tes gerbes de

délices s'élance un doux étonnement. Auprès du trône que le Prince
a juré de soutenir, en même temps
que celle qui charma son ardeur in-
trépide, il cherche celui qu'Asléga
vient admirer. O prodige tremblant! ô certitude contrainte! une
femme s'avance.... Plus de doute;
c'est la noble captive.... au milieu
de ses liens sauvages, au milieu des
chaînes de la destinée des femmes.

Sermens irrévocables, promesses
amères, remparts inaccessibles,
humblement l'homme de la gloire
et de la modestie, de la candeur et
de la bravoure, doit chercher vos
sentiers praticables pour aborder
la femme que lui montra la béatitude ou plutôt la fatalité, son en-

treprise est presque délirante ; n'importe, il cherche un air tranquille qui cache à jamais l'amour qui peut sauver l'infortune.

Comme les traits de celle qu'il observe sont touchans et doux ! elle semble ignorer les attaques violentes qui touchent à ses pas, et les desseins amers qui l'attendent à son retour. Seulement elle n'a pu arracher les racines épaisses des soucis qui ont pris pied sur son jeune front, et que ne peut voiler la grâce suprême que le destin déploie pour elle en ce jour. Juste ciel ! elle la réunit à une ineffable !... le Prince lui apparaît !... autour d'elle les soupirs d'amour ont caressé son âme, son souffle en a chassé les tristes couleurs.

C'est le héros imposant, c'est l'homme de la douceur, c'est l'ami dont l'expression régnait dans la solitude fortunée, c'est le bien-aimé dont les rayons la séduisaient dans la retraite des douleurs ; le Prince confond son regard inondé d'amour, dans son regard suspendu de bonheur ; il mêle ses accens adorés, à ses accens en délire, ses amoureux sermens, son sourire pur en éclaire les sillons.

La jeune esclave de l'hymen est couverte des symboles qui signalent aussi les siens, ses tendres sermens, sur leurs traces, le fils de la gloire est épris ; en sa détresse, la

II.

7

jeune solitaire est éperdue. Dieu,
entre les mortels jeta la lumière
des âmes, les amans la voient jaillir malgré l'œil adversaire, malgré
les entraves persécutrices.

O appel du roi de la gloire! ô
palais d'extase! ô pouvoir de l'arbitre des héros! Napoléon, monarque mémorable de la France,
vous vîtes le rapprochement dont
les nuances recueillies, dont les
espérances réalisées ne s'allièrent
jamais avec les oublis de la terre.

La jeune esclave, rejointe par
son auguste génie, par celui qui
fécondait sa souvenance, par celui qui soutenait son courage; le
Prince, auprès de la femme ado-
rée, dont la beauté, l'amour, l'en-

thousiasme et l'infortune saisissent tous les sens, se dirigent vers le salon du trône.

En considérant les présens admirables dont les cours environnent leurs accords, en s'arrêtant devant les chefs-d'œuvre des artistes célèbres qui ont tracé les faits immortels du monarque des triomphes, la jeune épouse révèle au bien-aimé l'excès ardent de son cœur, le Prince lui confie les émanations passionnées du sien. Sur le val de l'adversité, ce n'est point l'appel de l'amour, c'est le retour de sa foi ; sur les routes de la constance, ce sont ses refuges, ce sont ses secours, la valeur les indique, la loyauté les déclare.

Sur le visage appâli de l'élève du monastère renaît le coloris de l'aurore,... en ses yeux d'un azur céleste revient errer la volupté. Quelles sont les paroles expirantes sur les lèvres enchantées du héros magnanime? quel est le but où son œil sublime s'élance étincelant?

Devant un tableau que semblent rivaliser tous les autres, le Prince a conduit celle dont il guide les pas. « Asléga, dit-il d'une voix basse et tendre; » « Asléga, femme infortunée et chère, regarde, reconnais-tu ces traits?

« Ce sont les tiens, répond-elle; c'est toi; » et en une sorte d'extase enivrée, elle reste entre l'éloquence réelle de la physionomie suppliante du Prince, entre la ressemblance majestueuse de ce fils de la victoire. Qu'elle est belle en sa réflexion contemplative!...

« Parle, » continue le Prince d'un ton où perce tout son amour, « ordonne. Asléga, comme les esprits du génie s'emparent de notre existence durable, de même tes désirs se sont emparés des miens. Tu traversas mon espoir le plus radieux; va, la puissance qui t'entraînait ne m'était pas inconnue. Je m'écriais, à elle pour toujours; à toi, je répète pour sans cesse. Belle Asléga, sous le toit où flotte le drapeau de la patrie, dans la retraite où se repose le chef au-

gusté de la France , un brave
pourrait-il trahir la beauté , un
guerrier pourrait-il s'allier avec le
mensonge? »

Elle a entendu la jeune épouse ;
le battement visible de son cœur,
est l'énergique annonce de ses
douces impulsions ; elle répond :
« Prince , ami inappréciable , la
reconnaissance et l'admiration en-
veloppent le mélange de haine et
de terreur que toi seul aurais pu
engourdir ; elles rendent confus le
souvenir des réalités que près de
toi je voudrais déposer. »

C'en est fait ! à l'observation
altière, au regard scrutateur doivent céder les assurances posi-
tives du favori de la victoire,

les vraies confidences de l'esclave de l'hymen. Maintenant ils doivent recevoir les félicitations périssables du grand monde qui accueille sur son sommet, suivant les pouvoirs de celui qu'il y rencontre, qui en bannit n'importe quel génie, si les disgrâces l'ont frappé.

Soudain on entend un tumulte doux ; il annonce l'Empereur.... il paraît.... c'est celui à qui tout cède à la voix puissante, de même qu'au bras valeureux.

L'émotion indéfinissable que cause ce monarque aux exploits immortels, le trouble que fait éprouver l'auteur de tant de hauts faits, saisissent les sens de la belle épouse ; mais comme il ravit son

imagination ardente! comme il enchaîne ses jeunes esprits!

Napoléon, le bienfaiteur de sa
famille, Napoléon, le triompha-
teur de presque toute la terre, a
porté son regard rayonnant sur
l'assemblée attentive. Son front
calme semble déjouer les tempêtes
de l'empire, et, majestueux parmi
la foule dont il est l'idole, ce Roi
des vainqueurs paraît marcher sur
les monts géans, où l'homme voit
se former les orages, où il voit les
signes célestes qui annoncent, qui
ramènent et l'éclat et le dieu du
jour.

Personne ne s'agite, personne
ne se meut. Bientôt l'Empereur
interrompt cette contrainte mo-

mentanée ; chacun approche ce
fier conquérant , chacun entre-
tient ce doux souverain.

La jeune esclave de l'hymenée
en croira-t-elle ses yeux ? Ce grand
souverain vient vers le Prince , il
le salue d'un signe affable ; et sur
elle que ce héros lui présente, sur
elle Napoléon, le guide adoré,
le dieu du courage, sur elle Napoléon jette un regard observateur
et réfléchi. D'accord avec l'intérêt, il la questionne. Cette femme
opprimée retrouve l'énergie de son
âme; connaît-elle les expressions
au gré de la dépendance ? Non....
chacune de ses paroles émane de
sa franchise, son plaisir admira-
teur est accompagné de ses ex-

7*

pressions sincères. L'Empereur n'a pas épouvanté sa pensée naïve, l'Empereur écoute ses aveux fidèles; elle prouve, elle confirme à l'arbitre de l'empire ce que le Prince avait élevé dans sa mémoire infaillible, ce qui se grave dans son actif souvenir.

Sous la pourpre du trône, un accueil naissant fête la belle élève du monastère, il promet un appui à son adversité. L'Empereur la voit planer, l'Empereur en aperçoit les ombres; ce monarque, d'un génie vaste et créateur, anticipe sur les contradictions de l'hymen qui rend esclave la beauté.

Néanmoins cette intelligence surnaturelle ne découvre pas tous

les supplices destinés à la femme
dont il saisit les nuances brillantes,
dont il sonde l'avenir douteux ;
mais cette créature, qui semble de la sphère céleste, ce
jeune âge attrayant comme un
songe divin, doivent attendrir
l'homme martial portant les étoiles
de l'honneur, doivent intercéder
auprès de l'époux belliqueux,
trop loyal (l'Empereur pense) pour
méditer le trépas de l'être sans
bouclier.

De même, hélas ! il ne pénétra
pas qu'un jour, comme ayant
perdu son égide, il fuirait son
trône consacré aux espérances, il
délaisserait sa couronne soutenue
par les triomphes. Le plus grand

vainqueur de l'univers que la
voix des temps semblait instruire,
Napoléon, dont les esprits se per-
daient dans un espace immesu-
rable; l'Empereur, le maître d'un
peuple immense, pouvait-il penser que du sein des bouleversemens cachés par le ciel même, en
cédant aux accords tumultueux de
la renommée impérieuse, il aurait
à lutter contre toutes les nations,
ou plutôt contre tout le genre humain, dont il était l'astre étincelant, dont il était le génie triom-
phateur.

Fortune mensongère, tu le per-
mis.... sur celui qui fut le plus
grand souverain du monde, la force
lança ses foudres incendiaires; pour

sauver la France envahie des tempêtes de l'opinion, tu vis le grand homme, tu vis l'arbitre des rois, tu le vis fuir du sol, tu le vis se dérober à la patrie, dont il ne pouvait plus se proclamer le sauveur.

La vengeance s'approche, elle l'observe, Napoléon lui demande un asile, et Napoléon, monarque déchu, Napoléon, loin de ses armées en douleur, sur l'océan désert de ses ardens et encore nombreux appuis, ô souvenir douloureux! se livre à la nation qui creusait sa tombe. O épouvantable abus de sa foi! il vogue sous les voiles de la captivité, inflexible rigueur, il aborde à l'île de la mort!

Plus d'abri, la haine farouche l'attendait à cette île sauvage : Napoléon est enfin la proie de ceux qu'il a choisi pour protecteurs.

La victoire est devenue criminelle, la vaillance est traitée comme esclave : dans les tourbillons de l'infortune, sous une atmosphère impure, sur le sol funèbre à Napoléon que reste-t-il? quelques amis désarmés, quelques compagnons énergiques, quelques consolateurs admirables. O ciel! c'est en vain.... l'attachement de la gloire, le dévouement de l'amitié voient dévorer l'homme couronné de lauriers, sur les rochers couverts d'angoisses.

Etres magnanimes, êtres remarquables, vous fûtes arrachés du rocher de l'exil, ou vous que le sort y laissa, mornes et l'âme en deuil, jusqu'au tombeau vous y suivîtes les mânes glacés de ce proscrit illustre.... Napoléon ferma ses yeux abattus.... Napoléon dort à jamais; c'est la mort, c'est elle, cette altière ennemie, c'est la mort qui vint l'enlever dans ses bras infects.... Napoléon, le noble esclave, avec elle où réside-t-il? là, sur les sombres bords où il accueillit vos consolations, où il voila ses douleurs, où il plaignit votre désespoir.

« Esprit des tombes, quel est ce bruit mugissant que le voya-

geur, que le recueillement écou-
tent? »

« C'est le sourd roulement des
vagues qui battent les remparts
de la simple sépulture du grand
héros des mondes. »

« Qu'il est infini ce sourd mu-
gissement des vagues ! qu'il est
triste le tombeau du conquérant
immortel ! »

« Comme les plaintes de son
âme outragée, comme les soupirs
de son cœur ulcéré, les entendez-
vous? .. Ce désert, ces rivages
sans subsistance les répètent....
vous partez... vous les entendrez
encore, une voix éternelle les redit à tout l'univers.

O France ! ô séjour de gloire et de beaulé ! ô patrie de joie et d'abondance ! dans tes limites hospitalières, dans tes enceintes fleuries, si Napoléon, si Napoléon avait deviné les destins....

L'ascendant de l'Empereur, comme agrandi par ses exploits, était une action puissante et irrésistible, la jeune épouse le ressent, et le trouvant successivement plus admirable, elle est à l'unisson avec le Prince, elle semble dépendante du bonheur de celui qu'il révère, de celui qu'elle aime.

Paix, rassemblement d'hommages !.. celui qui vous inspire, l'Empereur parle de nouveau.... Quel vaste champ il ouvre aux conjec-

tures de l'épouse esclave !... Elle
n'ose s'affirmer ce qu'elle entend,
elle s'interroge sur ce qu'elle écoute ; la félicité lui dit : « Oui, l'Empereur assure Asléga de sa protec-
tion ; il a fait plus, il a dirigé vers
elle son sourire, qui semble une
lueur éthérée lui confirmant ce
qu'il veut que le temps prouve, ce
qu'il veut que l'avenir prononce. »

Quoi ! il a déjà disparu ce monarque imposant, cet homme d'un
abord si clément !... Est - ce un
songe que son avenue ? Aussitôt
les jouissances de l'espoir, il ne
laisse plus que les charmes du souvenir.... Vif comme ses pensées,
s'élançant comme ses désirs, il fixe
déjà d'autres événemens, sur un

autre point du globe; déjà son œil
animé se dirige, il voit, il envi-
sage, il recueille, il exprime.

Il a paru, Napoléon ! réalité
trop rapide !... il s'est éloigné !
présence trop fugitive !..... ainsi
pense celle dont il a rendu si fortunée la première entrevue, celle
dont il a comblé l'attente, celle dont
il a surpris l'espoir.

Le Prince, le modèle des amis,
le dieu de la jeune épouse, par-
tage ses transports, féconde son
enthousiasme ; cet homme des secours, cet homme idolâtre enivre
sa mémoire, abreuve son souvenir
des réflexions suaves, des sensations harmonieuses de la belle
élève de l'abbaye ; c'est plus que

tout ce que réunissait sa pensée, c'est plus que tout ce que divinisa sa vie. Que ses réflexions sont vives! qu'elles sont éloquentes! que ses sensations sont réelles! qu'elles sont brûlantes!

Ames élevées, dignes existences, femme sublime, guerrier illustre, vous associez vos destins, vous alliez vos avenirs. Arrêt touchant, ne sois pas idéal! vision bienfaisante, ne sois pas trompeuse!

Cependant, comment Asléga pourrait-elle retrouver son indépendance entière?... Le Prince où pourrait-il proscrire les droits de l'hymen puissant?.. Félicités, troubles, béatitudes, souffrances plus

inexorables que jamais, l'hymen
de la beauté inonde de nuages vos
voies d'ivresse, de reconnaissance,
d'admiration et d'amour.

Tout-à-coup devant cet homme
qui s'avance, devant cet être dont
la [physionomie est affable, pourquoi la jeune Asléga a-t-elle tres-
sailli? Pourquoi, en l'observant, les
sourcils du Prince se sont-ils fron-
cés? C'est l'époux qui a privé la
jeunesse de ses plus beaux jours,
c'est le subalterne hardi qui vient
ravir au chef pénétrant la femme
qu'il voudrait posséder, la femme
qui voudrait lui appartenir.

La voix du comte B***, prononce les paroles qui précèdent
les séparations, il va quitter la salle

antique des trônes, il faut que sa
captive retourne au toit des larmes. Il s'achemine, elle marche
dans les galeries où brillent les
victoires triomphales de la France
superbe, où se répètent les héros
glorieux de l'empire vainqueur.

Plus de magies.... plus d'illusions.... La douceur angélique, le
génie surnaturel, l'élève de l'abbaye, le Prince, y reviennent,
c'est pour gagner le but où ils vont
se délaisser encore. Leurs regards
sur la terre ne sont plus éblouis de
ses dons, la splendeur des airs ne
dissipe plus ses sinistres images; la
fortune des temps ne cache plus les
sombres nuances de l'avenir. Plus
de rayons des cieux, plus de lu-

mières d'ici-bas; les alarmes rouvrent leurs abîmes à la jeune
épouse; l'absence au Prince, amène
la douleur. Asléga, merveille de
la nature, amant, orgueil de la
gloire, vous voyez se mourir tous
les élans de la réunion qui expire
sur vos pas.

Un char pompeux s'avance, c'est
celui de l'épouse esclave; le dé-
dain l'y appelle, l'amour l'y conduit. Plus expressive que le regret
même, Asléga, tournée vers le
Prince, lui dit : « Je n'aime que toi,
et il faut te fuir pour aller où,
grand Dieu!....à l'asile des troubles... » O bienheureux amant! ô
malheureux Prince! de son âme
s'échappent les flammes durables,

de ses jours s'enfuient toutes les impressions des délices.

Il est immobile sur les pavés que battent l'empressement, l'éclat et la rumeur; il est sombre sur le sol riant où circule la magnificence, où abondent les flots réjouis du monde, et sous l'horizon brûlant, debout, il frissonne auprès du char qui va lui enlever, qui va lui ravir celle qui s'est jetée dans ses ombres, pour y cacher son visage gémissant, pour y dérober ses pleurs passionnés.

Se peut-il? L'époux qui causa la défaite de son existence, l'époux qui était arbitraire, avec une sollicitation remplie de sourire, invite le Prince à le visiter; il en flatte son espoir, il en supplie l'honneur ; la jeunesse croit à cette douce chimère, l'épouse console sa tendresse ; la loyauté croit à la franchise, le Prince ranime ses adieux.

Habile tyrannie, fleurs aux brillans prestiges, homme à deux aspects, influence funeste ; l'astucieux époux semble ramener et promettre le bonheur à la gloire, à la beauté ; tandis qu'il cherche, qu'il rappelle toutes les précautions offensives pour anéantir leurs succès présomptueux.

Bientôt sans générosité, sans bienfaisance, il exhale le venin que contenait son cœur, alors il est seul avec sa jeune compagne ; pour elle quel épanchement odieux ! quel ca-

II. 8

lice empoisonné ! Homme pervers,
homme sans frein, sous le toit de
l'hyménée, il est de retour. Hélas!
il rattache son esclave à des chaînes qui lui font horreur. Les volontés de cet homme, plus violentes par le contact de celles
d'une puissance irrésistible, re-
foulent tous les désirs de l'enfant
du malheur.

Les plus belles, les plus chères
perspectives sont encore voilées
par les plus sombres, par les plus
amères afflictions. La belle épouse
de retour au désert en secret soupire ; c'est un ange sur la sépulture des nouvelles espérances en-
sevelies, c'est le silence aux reflets
des ténébreux projets. L'homme

farouche les lance sur sa vie , son cruel époux comble toutes les voies de l'espoir. A travers les offenses, son esclave invoque la fermeté, et triste comme la statue d'un monument funèbre, elle comprime les plaintes de l'infortune.

Pourquoi tout à coup cette femme des muettes douleurs se livre-t-elle aux excès expansifs du désespoir? pourquoi ne retient-elle plus ses sanglots plaintifs? Son père gît sur une couche désolée, il l'appelle, il dit : « Ma fille, venez à moi; » et la tyrannie est entre elle et lui !... il l'attend, et les défenses hautaines se dressent devant elle... « Qu'elle vienne, ma fille, s'écrie ce père inconso-

lable. . . . . Toute aux sentimens
qui furent la coutume de sa
vie, fière et tendre, imposante et
dévouée, cette fille captive soudain s'élance ; impérieusement
elle fend la haie des gardiens apos-
tés par son époux, elle est aux
portes qu il lui défend de fran-
chir... elle touche le seuil qu'il
lui ordonne de ne pas approcher...
« Mon père ! » prononce-t-elle ;
ô surprise déchirante !... triomphe satisfait !... Son époux paraît, il est là, il barre ses pas, et
sa main avilie sur la fille des adversités étouffe un cri prêt à s'échapper de son sein.

Comme la contrainte immua-
ble, il la ramène dans son éter-

nelle captivité; ses regards conviennent de tous les abus que ses esprits poursuivent encore, et l'homme condamnable, juge de la cause qui demande grâce, la couvre d'humiliation, l'abhorre comme un crime, de même se complaît à la punir. Tous les desseins de son épouse doivent expirer dans ses ordres, époux féroce! il massacrerait même M. Derval, dit-il, s'il tentait de défendre celle que n'ombragent plus ses droits.

Du cœur filial, du cœur de la vertu s'échappe l'accent que le cœur endurci, que le cœur inflexible seul peut soutenir. La mémoire d'Asléga est frappée d'une

8*

sentence sombre, son oreille d'un arrêt funèbre.

Plus de silence... ce serait une faiblesse; l'ingratitude attaque son père... Qu'elle réunisse sur elle toutes les exhalaisons impures de son âme, qu'elle accumule ses impitoyables injures, que ses fureurs persécutrices l'accablent, debout sur ses devoirs elle supplie la résignation; mais de son père, s'écrie-t-elle, qu'on respecte les volontés, qu'on cesse de le poursuivre dans ses buts, ou plus d'obstacles, plus de terreurs pour sa fille; ses résolutions extrêmes naîtraient de l'excès de l'audace.

C'est sur le faîte de l'impuissance que s'annonce cette femme des supplices ; elle semblait faible et timide ; elle est ferme et énergique ; l'ironie orgueilleuse, la domination irritée ressentent un étonnement respectueux, une admiration convulsive. Hommage involontaire, mouvement indigne, ils s'absorbent dans les témoignages du pouvoir que l'époux réveille en secouant les fers de l'hymen. Vainement Asléga veut lutter sous leur pesanteur. Dans les élémens durables qui les formèrent, sa jeunesse ne peut s'en défendre, ses vaines tentatives les multiplient.... Hélas! ils étaient avec elle, elle reste avec eux.

Sur le penchant des jours, voyez la fille du malheur, comme na-

guère, elle redescend sans jamais
rencontrer un être bienfaisant,
sans jamais entendre un mot consolateur. Son père se souvient-il
des chaînes dont il l'a chargée ?
Sait-il que son époux les rive sans
pitié ? qu'il lui ravit même jusqu'aux faveurs de la fortune, que
la vile obéissance a remplacé des
serviteurs fidèles, qu'enfin Asléga
gémit dans l'abandon de la nature
entière, et qu'elle craint celui du
ciel ?

La scélératesse entoure son esclavage, elle porte son inquisition
insolente jusque dans son oppression rêveuse. Ses esprits franchis-
sent l'espace, elle rejoint sa mère ;
ses regards errans sur l'horizon,

elle cherche le point sous lequel est sa chère protectrice, elle la revoit; puis son cœur mourant s'élance vers le Prince, elle retrouve le sien. Fantômes de liberté.... songes privés d'harmonie.... on vient... ses visions vacillent, elle frissonne, et le feu de son imagination s'éteint aux pieds de ses sens captifs.

Pour l'élève de l'abbaye plus de présages onctueux, plus d'attentes secourables; la fausseté captieuse, le mensonge insidieux, le stratagème inhumain, la perfidie sauvage donnent aux scènes les nuances qu'ils avaient ralliées, prêtent aux jours les apparences qu'ils avaient combinées. Pour en com-

pléter le tableau trompeur, il faut
que l'épouse esclave s'éloigne, il
faut que son souvenir s'égare. Ses
élans énergiques, ses actions in-
dignées pourraient condamner les
œuvres de la haine, pourraient
anéantir les projets de la vengeance. Dans l'immensité de ses
droits, l'époux atroce détermine,
et déjà cet être farouche ordonne.

FIN DU TOME SECOND.

il faut
ne, il
e. Ses
us in-
er les
raient
ven-
e ses
nime,

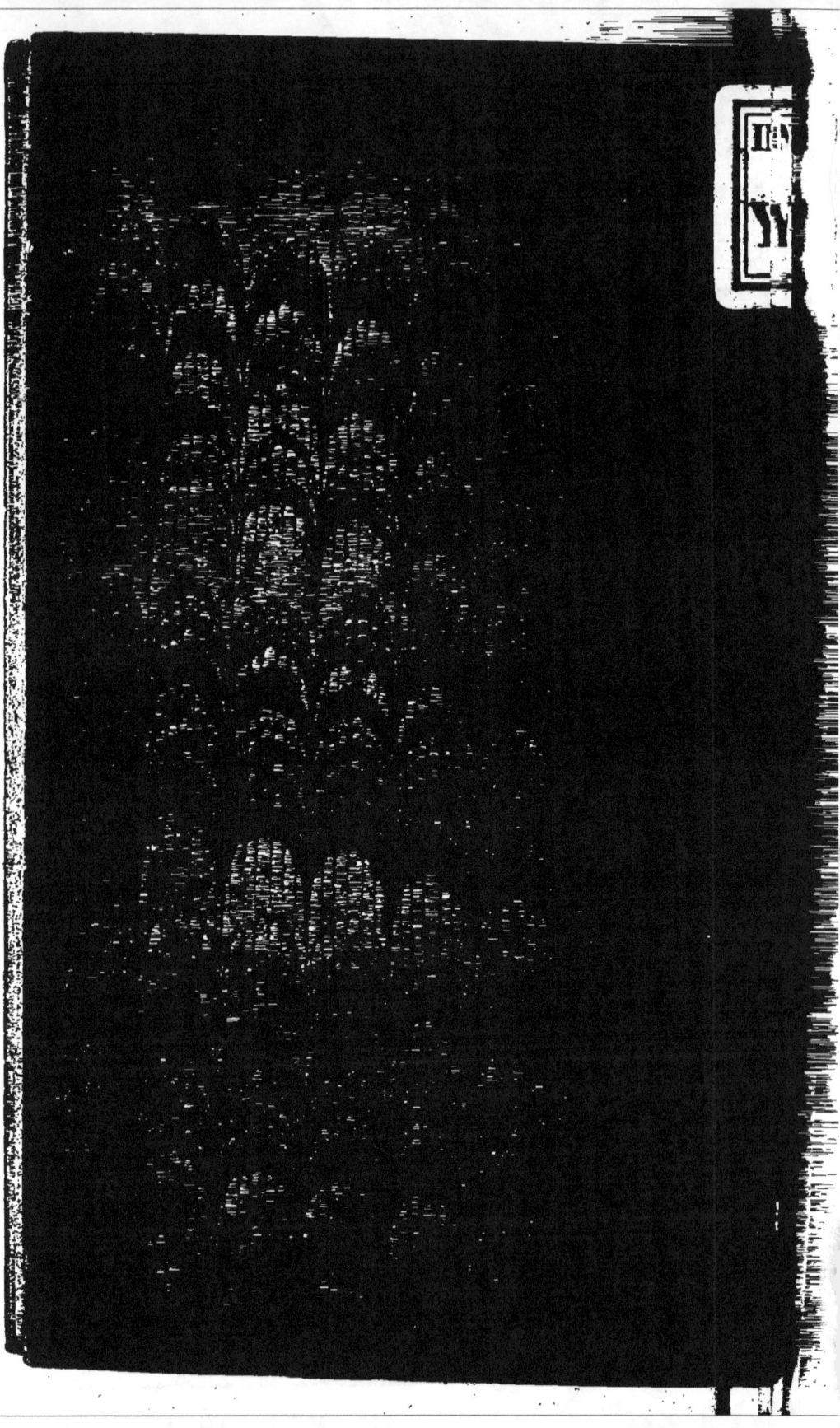